UMA COISA QUE DOMINA O MUNDO

FRANCO VACCARINI

ilustrações de MARIANA NEMITZ
tradução de HELOISA JAHN

© EDITORA DO BRASIL S.A., 2016
TODOS OS DIREITOS RESERVADOS

Texto © FRANCO VACCARINI
Ilustrações © MARIANA NEMITZ
Título original: ALGO QUE DOMINA EL MUNDO

Direção geral: VICENTE TORTAMANO AVANSO
Direção adjunta: MARIA LÚCIA KERR CAVALCANTE DE QUEIROZ

Direção editorial: CIBELE MENDES CURTO SANTOS
Gerência editorial: FELIPE RAMOS POLETTI
Supervisão de arte, editoração e produção digital: ADELAIDE CAROLINA CERUTTI
Supervisão de controle de processos editoriais: MARTA DIAS PORTERO
Supervisão de direitos autorais: MARILISA BERTOLONE MENDES
Supervisão de revisão: DORA HELENA FERES

Coordenação editorial: GILSANDRO VIEIRA SALES
Assistência editorial: PAULO FUZINELLI
Auxílio editorial: ALINE SÁ MARTINS
Coordenação de arte: MARIA APARECIDA ALVES
Design gráfico: CAROL OHASHI/OBÁ EDITORIAL
Coordenação de revisão: OTACILIO PALARETI
Revisão: ANDRÉIA ANDRADE
Coordenação de editoração eletrônica: ABDONILDO JOSÉ DE LIMA SANTOS
Editoração eletrônica: SÉRGIO ROCHA
Coordenação de produção CPE: LEILA P. JUNGSTEDT
Controle de processos editoriais: BRUNA ALVES

Dados Internacionais de Catalogação na Publicação (CIP)
(Câmara Brasileira do Livro, SP, Brasil)

Vaccarini, Franco
   Uma coisa que domina o mundo / Franco Vaccarini;
ilustrações de Mariana Nemitz, tradução de Heloisa Jahn. –
1. ed. – São Paulo : Editora do Brasil, 2016. – (Série toda prosa)

   Título original: Algo que domina el mundo
   ISBN 978-85-10-06328-9

   1. Ficção juvenil I. Nemitz, Mariana. II. Título. III. Série.

16-04495   CDD-028.5

Índices para catálogo sistemático:
1. Ficção: Literatura juvenil   028.5

1ª edição / 1ª impressão, 2016
Impresso na Intergraf Indústria Gráfica Eireli

Rua Conselheiro Nébias, 887 – São Paulo/SP – CEP 01203-001
Fone (11) 3226-0211 – Fax (11) 3222-5583
www.editoradobrasil.com.br

> **... E OBTINHAM UMA VITÓRIA QUE ERA SECRETA E EXULTANTE E QUE ESTAVA EM QUALQUER LUGAR DA TERRA.**
>
> *A ORGULHOSA IRMÃ MORTE,* THOMAS WOLFE (1900-1938)

> **PENSO QUE NESTE MOMENTO TALVEZ NINGUÉM NO UNIVERSO PENSE EM MIM, QUE SÓ EU ME PENSO E SE AGORA MORRESSE, NINGUÉM, NEM EU, ME PENSARIA.**
>
> **E AQUI COMEÇA O ABISMO, COMO QUANDO ADORMEÇO. SOU MEU PRÓPRIO APOIO E O RETIRO DE MIM. CONTRIBUO PARA FORRAR DE AUSÊNCIA TUDO.**
>
> **TALVEZ SEJA POR ISSO QUE PENSAR NUM HOMEM SEJA UM POUCO COMO SALVÁ-LO.**
>
> *POESIA VERTICAL,* ROBERTO JUARROZ (1925-1995)

SUMÁRIO

UMA COISA QUE DOMINA O MUNDO **7**

UM MILHÃO DE ANOS DEPOIS **9**

EU NUNCA HAVIA REPARADO NA FEDERICA **13**

O PATO MORTO **18**

LARVAS COZINHAM **22**

MAMÃE **27**

ESTOU FALANDO MENTIRA **30**

DEMOREI MUITO A ME DAR CONTA **34**

HISTÓRIA DE AMÁLIA E DO DOUTOR PESSEGUEIRO **37**

NÃO PRECISO ENTENDER O MISTÉRIO **43**

COM AS MÃOS CRUZADAS SOBRE O PEITO **49**

PAPAI **53**

CÓCEGAS **57**

MAMÃE JOGOU O FOGO PELA JANELA **62**

RECEITAS **66**

O CONCORDE TORNA A VOAR **69**

NATAL DE LOUCURA **72**

A PARTÍCULA DE TUDO **80**

A LIBERDADE **83**

UMA ESCADA QUE PEDE DESCULPAS **86**

A TARDE FELIZ DO PORCO E DO BURRO **90**

A MEMÓRIA DOS CEGOS **93**

NO MAIS **99**

O GORDO SPINETTA **102**

O CÉU FAZ BEM **107**

BATE, BATE, BATE, DENTES DE RATO **111**

OUTRO GAROTO PERDIDO DO *ROCK* **114**

PARTE DE NÓS **118**

VOO FINAL **121**

A IRA DA FÊ **124**

VISITA INESPERADA **128**

O QUADRO NOVO **137**

TERCEIRO DIA **139**

UMA COISA QUE DOMINA O MUNDO

Nem sempre tenho dias ruins, só quando me dou conta de que não tenho jeito, de que minha vida não tem jeito e de que uma coisa que não tem jeito domina o mundo. Até que esqueço e paro de me dar conta de que não tenho jeito: é assim que consigo fazer parte, mover-me, andar com os outros. Não sei por que sou assim, mas há tantas coisas que não sei.

Antes eu também odiava a primavera; agora passou.

Às vezes tenho dias bons, dias quando viver é parecido com sonhar; e nesse sonho sou de carne e osso, posso tocar as coisas e as coisas me tocam, existo de verdade. O importante é isto: ser real, entender que temos um coração forte, que bate, bate, bate, resiste pulsação a pulsação, sístole a diástole, sei lá. Um coração não é uma coisa fácil de parar.

Meu nome é Rodolfo e também não é verdade isso de odiar a primavera, eu só odiava o piquenique da primavera em Palermo, no bosque. Naquele lago infecto. Mas agora passou, porque até eu posso mudar um pouco. E sei que detestava o piquenique porque o dia 21 de setembro é o dia do aniversário da mamãe. Como faz muito tempo que mamãe não está em casa, eu ficava até o último momento sem saber se ia visitar mamãe, se ligava para mamãe ou se ia ao piquenique. Vilma, minha irmã mais velha, me disse uma coisa bem demolidora sobre essa questão:

– Quer dizer que você quer dar uma de importante? Que tal ficar numa boa e parar de incomodar?

Será que a gente sofre só para se fazer de importante? Talvez. Porque no fim o que eu quero mesmo é me divertir. Uma vez comprei um livro de um escritor francês que aos dezoito anos parou de escrever, foi para a África e voltou muito doente, antes de completar quarenta. Ainda não li o livro, mas fiquei muito a fim de fazer uma coisa impactante, desaparecer por vinte anos e voltar com a vida feita, prontinho para morrer. Que ótimo plano!

Só que eu gosto mesmo é de rotina, mesmo sendo tão difícil manter uma rotina desde que papai morreu.

UM MILHÃO DE ANOS DEPOIS

Eu e Vilma vamos levando do jeito que dá. É simples: comida comprada, roupa lavada na lavanderia da esquina. Nesse sentido, a vida fica muito mais fácil. Mas reconheço que quando sinto cheiro de comida caseira me lembro da minha primeira vida, daquela vida que, de tão perfeita que era, eu nem reparava nela. Não reparava em nada.

A verdade é que agora eu também não reparo no fundo das coisas, não é a minha praia, o fundo é sempre o mesmo: desastre absoluto. Sou ultrassuperficial, graças a isso não fico de nariz grudado numa coisa só; consigo ver mais, só que, claro, de cima, de baixo, de fora; nunca de dentro. Porque quando eu opto pela superficialidade, opto por ficar fora de muitas coisas, sei lá. Acho.

Mas tem certas coisas que eu levo muito a sério: talvez seja por isso que pinto misturando as cores até a raiva. Procuro uma cor nova; cores que não pareçam cores; cores escondidas. Gosto de pintar, sim. A óleo. Adoro o cheiro de terebintina do meu quarto. Só consegui terminar três quadros. Estranhíssimos. Às vezes, quando eu olho para eles à noite, fico impressionado. Ou então triste, só que sem chorar. Nem assim. Não sou um motor quebrado, chorar é ótimo para quem chora, mas horrível para os outros. E a verdade é que nem todos os dias são ruins, nem tudo é escuro.

O tal piquenique da primavera, este último, o que aconteceu há pouquíssimo tempo embora tenha acontecido tanta coisa, foi o melhor da minha vida.

Depois de todas as besteiras que eu e meus amigos fizemos (desafinar violões, jogar grama na roupa uns dos outros, cantar até ficar sem voz), acabei sentado sozinho na frente do lago, num banco, entupido de tanta confraternização primaveril. O banco era de pedra. Ou de madeira. Sei lá. Sério, nunca me interesso muito por saber onde estou sentado, desde que não caia e que não seja um assento de pregos, claro. Coisa de faquir, estou fora. Não gosto de resistir ao sofrimento, não gosto de sofrer; não encaro. Gosto de rir. Às vezes rio até sem estar com vontade, e quando me dou conta da idiotice de rir sem estar com vontade, aí sim que eu rio para valer. Em compensação, o outro negócio é mais difícil. Argh. Estou uma coisa.

Federica.

De onde saiu a Federica?

"Só sei que nada sei", rá.

Apareceu a Federica e me disse:

– Você me compra um Tofi? [1]

Bom, achei graça naquilo. A gente não era muito amigo, também não era inimigo, também não era coisa nenhuma. Até aquele momento, Federica era invisível, embora eu a visse. Era como se ela não estivesse ali. E agora ela estava me olhando, hmmm... como se eu fosse a única coisa existente no mundo para se olhar.

– Compra, vai... – e apontou com o indicador uma banca, um vendedor. – Ali tem Tofi, juro! – insistiu.

Aí caiu a ficha. Uns dias antes eu havia comentado que o Tofi era meu chocolate predileto, que o Tofi era o máximo dos máximos. Isso numa conversa idiota com a profe de matemática, a Cruz. Cruz é o apelido da profe. Uma gênia, a profe Cruz. Depois de nos passar as notas de uma prova, em geral bastante boas, a Cruz estava na maior alegria com a turma e começou a falar de qualquer coisa, como se a gente estivesse no recreio. Confessou que era chocólatra e nisso eu declarei que era fanático por Tofi. Pelo visto, Federica estava ouvindo.

Compreendi tudo isso num lapso generoso de tempo, mais ou menos o mesmo lapso de tempo que o universo levou para explodir e se expandir, mas compreendi.

– Espera aí... – falei para ela.

---

1   Guloseima à base de chocolate. (N. T.)

Apalpei o bolso, vi que tinha algum dinheiro.

– Bom... na próxima vez você paga – falei, decidido a encarar o gasto. Também não era o caso de pagar por pagar, mas a ideia de comprar um chocolate para aquela Federica que eu estava acabando de descobrir me pareceu intoleravelmente genial. Mas aí ela me segurou pelo braço, antes que eu desse a segunda passada na direção do vendedor:

– Não, não... era mentira, seu bobo! Você achou mesmo que eu podia ser tão cara de pau, garoto? Eu tenho, olha!

E tirou dois chocolates de dentro de uma bolsinha. Impressionante. Fiquei parado, olhando para a embalagem marrom. Não estava entendendo. Quer dizer, estava, um milhão de anos depois a ficha caiu. Por alguma razão, Federica me escolhera. Assim, de repente. Primeiro, para participar da fissura dela por chocolate, e depois para outra coisa maior, mais... descomunal. Mas tudo começou com o chocolate, o que foi ótimo.

EU NUNCA HAVIA REPARADO NA FEDERICA

Até aquela tarde, eu nunca havia reparado na Federica, talvez porque algumas pessoas são lindas quando dá na veneta delas; quando ficam com vontade. Os óculos de aros quadrados, pretos, e a miopia ficavam sensacionais nela. O cabelo meio desarrumado, como se ela tivesse parado de se pentear no meio do penteado, com cachos soltos e de repente não. A testa grande, ampla. Como eu. Nesse ponto a gente era parecido.

– Com essa testa, você vai ser muito inteligente – a Vilma me disse uma vez.

Que capacidade tem a minha irmã querida de dizer essas frases que parecem um elogio, mas não são!

– Eu já sou inteligente, imagino – argumentei.

– Não, *vai* ser... só se conseguir recuperar as nove matérias em que foi mal neste trimestre!

Ui. Que tutora incrível. Porque a Vilma é minha tutora e aquele trimestre foi um desastre, foi no primeiro ano, agora estou no terceiro, mas naquela vez, Deus meu, foi péssimo; comecei mal o secundário, mas pouco a pouco melhorei.

Federica e eu temos testa "inteligente". Meia hora depois não havia mais Tofi nem vendedor. Muitas crianças tinham ido embora do bosque; em volta do lago haviam ficado garrafas de plástico vazias, papéis e um ou outro gato pingado.

– Para mim, aquele ali brigou com a namorada – disse Fê.

Era verdade, o garoto estava atirando gravetinhos na água num baixo astral tremendo, a uns trinta metros de nós.

– Juro, vi quando ele discutiu com a namorada ainda há pouco, coitado – insistiu Federica e, de novo, aqueles olhos me olhando daquele jeito, bem cheios de vida, abertos, como se engolissem as coisas.

Alguns patos brancos nadavam, deslizavam sobre a água esverdeada com uma graça incrível. Um deles enfiou a cabeça dentro da água.

– Aquele pato vai se afogar! – gritou Federica.

Caí no chão de tanto rir.

– Ele está procurando comida, sua boba – falei.

Foi a primeira vez em muito tempo que senti ternura por alguém, ternura de verdade. Olhei para ela: estava com uma blusa preta de manga comprida, tinha um pescoço comprido, pálido, rosto pontudo, um tanto ossudo, também pálido. E era linda.

Quando começamos a ficar com frio, levantamos e andamos um pouco pelo meio das árvores; tudo super relaxado, até que... Senti que tinha mudado de área, que vinha por um lugar e de repente, pimba!, estava em outro. E pensei que é assim que devem ser as coisas que são como devem ser. Que é para isso, para mudar de área, que se festeja o dia da entrada da primavera. E havíamos comido chocolate; havíamos rido juntos e contado um monte de coisas um para o outro em pouco tempo. Pimba! Segurei a mão dela. Mas minha mão estava meio suada. Os nervos são uns tremendos de uns dedos-duros, de modo que na mesma hora puxei a mão, fiquei com vergonha. Ela nem aí, se fez de estátua e depois de estátua que anda. Como se aquele gesto de ter segurado a mão dela não tivesse existido nem por engano. Esfreguei a mão na calça e ela secou tão depressa quanto minha coragem. Comecei a me dizer os maiores insultos, em pensamento.

Sua besta foi o mais delicado.

Nem toda a indústria do cinema reunida será capaz de me ensinar, não sei quanto aos outros, estou falando de mim, a não ficar nervoso quando gosto de uma garota. Com todas as coisas geniais que poderia dizer a ela! Ou surpreender a garota com um beijo demolidor, com uma determinação mais imponente que as pirâmides do Egito. Mas quando estou ali, naquele momento preciso, a situação é tão dramática, o medo tão paralisante... Medo de provocar pena, de ser ridículo.

É absurdo sentir medo de uma garota. Medo a gente tem de um extraterrestre, de um monstro, de um lobo. Só que quem é que vai querer que um extraterrestre ou um lobo goste dele? É esse o poder das garotas.

Fomos andando em silêncio uns três bosques. Até que a Fê me disse:

– A tensão do momento fatal. Beijo, não beijo, beijo, não beijo...

Sacudiu meu braço.

– Vamos, garoto, se decida, não aguento mais esperar.

Levei uma eternidade para entender que a Federica era uma garota em quem eu podia dar um beijo.

O PATO MORTO

O primeiro beijo não é uma coisa super. O cara está muito nervoso e mais ligado em si mesmo que na outra pessoa. O segundo beijo é mais ou menos. O progresso de verdade começa com os dias, com as semanas. E não me refiro só ao beijo. Às vezes não estou nem a fim de beijo, mas morto de vontade de ganhar um abraço. Ou de ficar sem nem encostar nela, nós dois quietos, sozinhos. Sem música. Em casa, na rua. Na escola não, porque na escola tudo dá rolo, sempre. Quando os outros percebem, vêm com gozação, depois se acostumam. Arrá, namorando, hem! Arrá, de pegação, hem! Mas sem essa, porque nunca me passaria pela cabeça imaginar que o que eu tenho com a Fê é só pegação. Deixa eu ver se consigo ser claro. Estou completamente fissurado pela Fê. Ela me ganhou. Nunca conheci uma pessoa como ela; alguém que parece tímido e na verdade está se guardando por pura estratégia, escondendo o jogo; mostra um lado frágil e ataca com a torre ou com os bispos quando você menos espera. Às vezes a gente jogava xadrez lá em casa.

Eu tinha um livro de aberturas do mestre Boris Spartak, um astronauta que passou meses na Mir, a estação espacial russa. Ali, olhando para as auroras boreais e o azul pálido da Terra, ele teve inspirações sobre como melhorar as aberturas nas partidas de xadrez. Quando desceu da estação espacial escreveu o livro: *Aberturas no espaço probabilístico*. Minha preferida se chama "Lua pastora". É uma série de jogadas que vão desenhando uma espécie de anel no tabuleiro, com uma combinação de movimentos de peões, bispos e cavalos e uma espera paciente da dama para dar o xeque-mate no momento certo. As luas pastoras são uns satélites minúsculos que giram ao redor de Saturno e que com a gravidade permitem que os anéis permaneçam nos seus lugares, em torno do planeta. Pastoras cuidando para que as ovelhas não despenquem no abismo.

O inesperado deslumbra. E Federica, minha luazinha pastora, me deixou em estado de flutuação desde aquela tarde em Palermo.

Foi como se de repente alguém aparecesse com um cartaz só para mim dizendo:

FEDERICA É A COISA MAIS IMPORTANTE DESTE MUNDO.

Ou, quem sabe, outro cartaz quase idêntico:

FEDERICA É A COISA MAIS LINDA DESTE MUNDO.

Porque se for para escolher entre lindo e importante, escolho o lindo.

Assim, de um momento para outro, Federica.

Mas nem tudo era simples assim. O dia seguinte era sábado e depois de dormir mil horas e tomar café com leite, liguei o computador. Meio sem prestar atenção, dei uma olhada nas manchetes do jornal.

Temp. 18º - Céu sem nuvens.

A ENTRADA DA PRIMAVERA FOI UMA FESTA

AGÊNCIA ENE

O tradicional piquenique realizou-se normalmente em Palermo e em outras áreas verdes da cidade. Milhares de adolescentes festejaram em paz, com violões e alegria, a chegada da estação do amor e das flores. A interdição do consumo de bebidas alcoólicas aparentemente explica a quase inexistência de incidentes. A operação limpeza ocorreu durante a mesma noite, para que os parques amanhecessem sem os rastros do festejo. Houve apenas uma vítima a lamentar: no lago grande de Palermo foi encontrado um pato morto, boiando, sem sinais de ferimento ou doença. Um dos encarregados da limpeza disse que a malfadada ave "estava visivelmente inchada". "Parece que engoliu água, como se tivesse se afogado", acrescentou, consternado, o trabalhador.

E havia uma foto do lago com o pato morto na margem, ao lado de algumas latas de refrigerante e alguns sacos plásticos.

LARVAS COZINHAM

Sonhei que estava comendo uns biscoitinhos esquisitos, em torno dos quais havia um anel de larvas, parece que as larvas é que lhes davam aquele sabor delicioso. Sabor de larva. Elas eram criadas por um cara num terraço que havia sido recoberto de terra e no meio da terra, sobre as lajes, viviam as larvas; e para que as larvas pudessem viver e tivessem com que se alimentar, o dono da casa enterrava coisas mortas, orgânicas, e as larvas depois produziam esses biscoitinhos tão gostosos.

Esses sonhos nojentos dão uma raiva...

Vilma sempre se zangava comigo, o que continua acontecendo. Eu gosto da escola; não gosto é de estudar. Para mim, a escola é o lugar mais legal da Terra, embora não haja uma manhã em que eu não sinta um nó na garganta ou um aperto no estômago. Ir à escola é como ir a uma catedral, ou seja, entrar num lugar grandioso. Não num lugar qualquer. Embora, é verdade, eu não consiga me organizar para estudar. Não sei me organizar. Por sorte tenho alguns aliados que me ajudam, principalmente algumas colegas. Embora agora o círculo esteja se fechando e o círculo é a Fê, que vai bem em tudo. Ela não é o tipo de garota superestudiosa, dedica o tempo necessário a cada matéria. E deu. Não se priva de nada, faz tudo sem dificuldade, só que não é bem assim: é a impressão que eu tenho, só isso, porque ninguém foi tocado por uma varinha mágica. Embora eu goste de imaginar que a Fê é a dona da varinha.

Vivo nas nuvens. E Vilma gritando:

– Seu fedelho! Qual é a sua? Está achando que sou sua empregada?

Ufa.

– Se você não guardar essa roupa amontoada no seu quarto, dou tudo de presente!

Depois dessas brigas, nas quais às vezes me sinto sobrando na vida de minha irmã, tudo entra nos eixos. Vilma não é minha mãe, é o que digo para mim mesmo de vez em quando, mas na real é minha tutora na escola e a pessoa encarregada de administrar o dinheiro do seguro que a gente ganhou com a morte de papai.

Além disso ela trabalha, faz programação neurolinguística. Seus cursos têm títulos como "Técnicas de precisão absoluta" ou

"Recursos para a comunicação máxima". Ensina os vendedores a se comunicar com os clientes, os médicos com os pacientes, os comissários de bordo com os passageiros; o que Vilma ensina, ao que me parece, é como fazer para ficar bem sem chegar ao fundo, porque o fundo é um desastre total, já falei e vou repetir mil vezes. Nenhuma relação é capaz de aguentar o fundo profundo, a verdade, a pura realidade de que nunca conseguiremos ser cem por cento autênticos e ao mesmo tempo amáveis para com os demais. Vilma é uma luz: fez os cursos de Programação Neurolinguística e recebeu o diploma de professora, depois foi convidada a dar aulas, até apareceu em programas de televisão para falar da comunicação corporal, do tempo, do espaço, da linguagem silenciosa e de uma coisa super-hermética: os acessos oculares e os sistemas auto-geridos. Caramba... ela se vira genialmente.

Só de curioso, perguntei a ela qual era a definição de "sistema autogerido".

– É o sistema que se autocorrige a partir da retroalimentação.

– Não entendi nadinha – confessei.

– É fácil, mano. Se você consegue medir a diferença entre o que pretendia e o que obteve, está acionando a resposta corretiva.

– Sei.

– Mais fácil: um alarme é ativado a partir de um erro. Uma caldeira se autocorrige se houver uma alteração da temperatura. E, na sua opinião, qual é a utilidade de isso acontecer?

– Isso o quê?

– Isso da caldeira.

– Sei lá.

– Está vendo como você não pensa, só pergunta? A resposta é que a caldeira se corrige para manter o equilíbrio. De modo que tudo funciona assim: erro, alarme, correção, equilíbrio.

– Está certo.

– O bom da coisa é que muitas vezes mudamos para poder manter o equilíbrio. Fazemos uma pequena alteração para que tudo possa continuar igual a antes.

Vilma fala como uma apresentadora e inclusive tem um terninho vermelho. Escreveu três cadernetas que são utilizadas como guias-modelo no instituto onde ela trabalha. Acaba que agora ela é uma das sócias que dirigem o instituto, sempre cheio de bancários, aeromoças e vendedores de carros usados.

Se eu digo: "Escute só, vou lhe contar uma coisa". Ela me diz: "Está vendo como você é auditivo?"

Digo a ela que sou auditivo, olfativo, visual e demais sentidos. Mas ela quer me convencer de que meu primeiro sentido é a audição, que eu não olho para o mundo, que eu o ouço.

Bem, a voz da Fê em especial. É a voz de uma menina grande, um pouco brava, que talvez tenha chorado há pouco, mas que em breve estará disponível para dar risada. É estranho, mas é o que sinto. Por amor ou por ser auditivo. Fê, de acordo com minha portentosa imaginação, chorava sozinha na casa dela (não sei por que: talvez por estar magra, ou gorda, ou por estar com um cravo na testa "inteligente" ou porque estava discutindo com a mãe). Chorava sozinha. E ria comigo.

Vilma tem vinte e cinco anos e muita vontade de estar ocupada. Eu faço tudo para não dar motivos a ela, mas é fácil reclamar de mim. Sou péssimo na escola, não consigo me organizar. Vilma quer me dar um curso de programação neurolinguística, Deus meu. O que eu vou fazer da vida?

O pato morto me deixou tão impressionado que comentei o assunto com a Fê; ela me respondeu:

– E o que foi que eu lhe disse?

Em seguida, com um ar distraído, me perguntou:

– E como vai sua mãe?

Na hora vi os paredões de hospital antigo, os corredores meio escuros e os tijolos nus aparecendo no meio de mil camadas de cimento quebrado, de tinta. A sala de visitas.

Mamãe.

Não gosto de falar de mamãe.

MAMÃE

Muito tempo atrás eu vivia numa família modelo. Tinha um pai vivo e uma mãe sã, tinha uma irmã adolescente acabando o secundário e tinha eu mesmo, que não completara dez anos e levava uma vida fantástica: ou seja, hiperconfortável. Tomava banho religiosamente às seis da tarde (depois de fazer os deveres), jantava cedo (depois de assistir um pouco de tevê). Era tudo assim. Antes, depois.

E a Vilma.

Vilma era um frêmito no ar, havia sempre uma fila de amigos à espera dela para sair, embora eu só visse essas coisas de passagem. Nós todos morávamos nesta casa antiga, grande, com quintal. Eu queria demolir a casa, me mudar para um apartamento bem claro, afastado da terra, ou para um restaurante de comida búlgara. Não gosto de morar numa casa de verdade porque isso me lembra que eu e a Vilma somos os restos de um naufrágio ou algo do tipo, somos o que sobrou depois da passagem do furacão.

Um dia, uma tarde, mamãe aparece na cozinha. Está chorando.

Não me vê.

– O que foi, mã?

Corro para ela, para abraçá-la. É horrível ouvir a mãe da gente chorar, é uma das maneiras como o mundo pode acabar durante algum tempo. Pelo menos quando a pessoa não está acostumada; depois se aprende que o mundo não acaba assim de uma hora para outra.

– O que você tem?

Ela respira com força, passa a mão no rosto.

– Você não estava no seu quarto?

– Estava, mas desci porque... deixa para lá! O que você tem?

E fiquei esperando uma resposta que nunca chegou. Ela só me disse uma mentira, disse que estava com dor de cabeça e que um cano havia arrebentado no jardim e que as plantas iam secar.

Então fiquei sério e pedi a ela que me dissesse a verdade.

A resposta de mamãe não serviu nem para consolo:

– Vá para o seu quarto. Continue o que estava fazendo.

Virei e colidi com papai, que parecia alteradíssimo. Despenteado, a camisa para fora da calça e um gesto que não tinha a menor intenção de se parecer com um sorriso.

– Ande, Fito, para o quarto.

Detesto que me chamem de Fito. Meu nome é Rodolfo, Rod para algumas meninas, Rody ou Rô. Mas Fito nunca, já basta o Fito Páez.

ESTOU FALANDO MENTIRA

— Está no hospício.

— Sim, isso eu já sei — disse Federica, insatisfeita com minha resposta.

— E o que mais você quer que eu diga?

— Eu gostaria de conhecê-la. Sua mãe.

Federica disse isso com empenho, sublinhando cada palavra. Acreditei nela. Ela queria conhecer mamãe. Só que agora ninguém conhece mamãe.

Um dos problemas da vida é que ela está sempre se fazendo. Não é uma coisa acabada, que se possa apreciar inteira, percorrer como se fosse um lugar. A vida não é um lugar. Um lugar é uma coisa que está parada e a vida é uma coisa que mais parece um camundongo correndo sem parar. Mas isso foi uma coisa que aprendi com o tempo. Ainda acredito em mentiras, ainda acredito na história que papai e mamãe me contaram desde sempre. Não importa ser feliz amanhã. Uma jazida de felicidade fóssil é o combustível que me ajudaria a andar por esta vida que nunca para de se movimentar. Acho muito difícil correr atrás do camundongo sem nunca conseguir alcançá-lo, encarregar-me de estar vivo, de fazer as coisas que preciso fazer. Pelo menos o passado não me matou... embora fosse genial ter aquela família que eu achava que tinha! A família ideal.

Mamãe depois do cabeleireiro, linda, fresca; papai com sua voz solene, o perfume e a saída para o cinema, para comer fora. Um passeio pelo Tigre ou pela Costanera, um certo dia de sol que ilumina até hoje. Minhas orelhas doem de ainda ouvir aqueles pássaros, aqueles pássaros que às vezes cantam, à noite, nos três quadros que pintei.

Federica queria conhecer mamãe.

Mas à mão, eu só tinha Vilma:

– Vilma, esta é a Federica.

Quando Vilma viu Federica se derreteu de amor. Mistérios da vida. Tratou-a a pão de ló, como dizia mamãe.

– Você é a famosa Federica? Venha, entre, a casa é sua. Conheço seu pai da reunião de pais, sabe?

E a Fê também, parecia encantada de falar com a Vilma. Gostei de ver as duas, tão diferentes. Me dei conta de que elas eram tão diferentes que não tinham a menor possibilidade de não se dar bem. Que, assim como o Polo Norte e o Polo Sul, cada uma era seu próprio polo. Não tinham em que competir.

Depois, Vilma veio me dizer:

– Ela é um tesouro. E é, sei lá, tão... responsável. Dá para perceber. Demais!

Vilma percebeu que Federica podia ser uma boa influência para mim. E com certeza, além disso, o pai da Fê devia ter lhe causado uma boa impressão. Para mim era muito conveniente, porque naquela época eu era só uma coisa: a máquina de pensar na Fê. Como o livro de um uruguaio, Mario Levrero, que um professor de espanhol me mandou ler: *A máquina de pensar em Gladys*, era o título. Um livro de contos. Bem esquisito. Me lembro daquele livro.

Sempre acompanho a Fê até a casa dela... como é difícil a gente se separar! Da sacada da casa da Fê, no décimo oitavo andar, dá para ver as falsas-seringueiras e as tipuanas do Jardim Botânico, e também os elefantes do Zoológico.

DEMOREI MUITO A ME DAR CONTA

Vilma ia e vinha pela casa feito um furacão, mas naquele sábado de mil anos atrás fez o que sempre faz até hoje: ficar comigo nos momentos difíceis.

A noite inteira houve barulho de móveis e gritos sufocados. "Choro de mudo", foi o que pensei comigo mesmo. Tem um mudo chorando, eu pensava sob o manto dos sonhos. Andei por um corredor da casa, depois por outro. A casa havia inchado como uma bexiga, parecia úmida a ponto de explodir; devia ser a escuridão, ou então era porque eu não estava dormindo nem estava acordado. Mas não ouvi nada. "Deve ter sido uma traça", pensei; "uma traça bêbada no roupeiro". É assim que as portas da verdade vão se abrindo, no começo a gente imagina coisas que parecem não fazer sentido, como uma traça bêbada.

Não sei o que pensei depois. Mas os barulhos continuaram, a intervalos. Meu quarto ficava afastado. Eu estava num canto distante da casa, que era maior naquele tempo, embora agora esteja vazia e com móveis sérios demais para minha idade e a da Vilma. No fim foram barulhos tão fortes que a Vilma entrou no meu quarto.

Se atirou na cama ao meu lado e falou:

– Papai está bêbado.

Pimba! Não era a traça no roupeiro. Era papai.

Uma pedra caiu no tanque, foi direto ao fundo e lá ficou. Houve um barulhinho, ondas na água. Tremi. E uma coisa dura e pesada ficou no fundo, para sempre. Revelações são assim. Brutais. Naquela noite, Vilma me deu uma aula de irmã mais velha. Me contou que uma vez já havia interrompido os dois. Eu não tinha chegado a acordar, mas ela sim. E que entrara no quarto do casal, mas a única coisa que conseguira fora que mamãe a pusesse para fora sem maiores comentários.

– A senhora pode sair, não tem nada a fazer aqui. Saia.

O pior foi que os dois estavam de pé, papai com uma coisa na mão que ela não tinha conseguido ver o que era, e que havia revistas, uma cadeira caída, vidros de perfume e roupas, coisas jogadas, bagunçadas. Papai nem olhara para ela, só baixara os olhos, cravara os olhos no chão. Quieto. E naquela noite não houvera mais ruídos.

Agora o tumulto ia de mal a pior. Era um silêncio e em seguida um estrondo, uma rajada de metralhadora de loucura, gritos. Então veio minha pergunta.

– Será que ele está batendo nela?

Vilma apertou meu punho com os dedos crispados. O trinco não serviu para nada. A porta estava fechada a chave. Não conseguimos entrar, mas gritamos:

– Papai! Mamãe! O que está havendo?

A porta se abriu e na hora veio a pancada, o puxão de cabelo. E um pontapé que me jogou no chão. Sangue no nariz e Vilma começando a gritar, me defendendo como uma fera. E que também foi atingida. Não sei onde estava mamãe, mas longe, petrificada. A partir daquela noite, mamãe nunca mais conseguiu dormir em paz. Coisas que a pessoa fica sabendo mais tarde.

HISTÓRIA DE AMÁLIA E DO DOUTOR PESSEGUEIRO

Não acredito em quase nada, mas acredito na Fê. As horas passadas com ela na casa são as melhores; jogados no tapete ou nas poltronas, fazendo concurso de soluço. Para ver quem consegue produzir os melhores soluços, até que o diafragma fica realmente com problemas e os soluços acabam sendo de verdade. É uma brincadeira absurda que chamamos de "Feitiço de soluço". Sempre, mas sempre acaba em gargalhadas. E em soluço.

A pura verdade é que a felicidade é a arte de fazer bobagens e morrer de rir. Eu e a Fê, nesse ponto, somos imbatíveis.

Ela estava com uns dois quilos a menos, e também com vontade de comer uma coisa gostosa.

– Eu me encarrego – falei, com absoluta segurança.

Fui até a padaria e comprei meia dúzia de pasteizinhos de doce de batata. Sobre o balcão havia uma revista gratuita do bairro. Peguei uma, sem acreditar na manchete.

DISTRIBUIÇÃO GRATUITA — Nº 312

NOSSO BAIRRO

VOCÊ SABE O QUE É O SOLUÇO?

O soluço é um espasmo involuntário do diafragma: tipicamente repetitivo várias vezes por minuto.

Levei a revista para casa e a Fê não acreditou, como eu.

– Que título mais provocador! E pensar que nas revistas das bancas eles põem essas modelos quase nuas...

Depois de comer os pasteizinhos com chá e de sujar a mesa inteira com migalhas, começamos a procurar a notícia do soluço, mas as páginas eram uma sucessão de pequenos anúncios comerciais.

CASA COQUITO
DE TUDO PARA COMER BEM.
SABOROSO, SADIO, NUTRITIVO.
PRODUTOS PARA SUA DIETA E
MUITO MAIS...

ELETRICISTA REGISTRADO
SR. EDUARDO LUZ
O BAMBA DAS INSTALAÇÕES ELÉTRICAS
ESQUEÇA A ESCURIDÃO!

Embaixo, uma frase de Mahatma Gandhi:

A VIOLÊNCIA É O MEDO DOS IDEAIS DOS OUTROS.

– Viva o Mahatma! – disse Fê.

O melhor foi a propaganda do cabeleireiro.

SALÃO UNISSEX MELY.

O salão oferecia o de sempre em salões: permanente, corte, xampu, tintura, penteado, luzes, clareamento. Mas nós dois ficamos impressionados com a última linha: "Depilação Bozo".

Antes que a gente conseguisse descobrir o que era o bozo, Fê se interessou por uma historiazinha. A seção da revista se chamava "Aconteceu mesmo", e contava a história do doutor Pessegueiro.

– Ouve essa, Rô! "O doutor Pessegueiro teve uma bela carreira como médico obstetra, mas essa glória ficou empanada por comportamentos sombrios na vida familiar. A seguir exporemos os detalhes de sua estranha existência."

– Ah, isso de comportamentos sombrios deve ser um erro do cara que escreveu a matéria. Talvez ele tenha querido dizer "comportamentos brilhantes" – falei.

– Não, não, olha só, ouça a continuação... "A história do doutor Pessegueiro..."

– É muito perfumada e doce – interrompi.

– Quieto, garoto! Me deixe ler! – Fê fingiu que estava brava.

E continuou lendo: "é muito singular. Por um lado, um homem associado ao mecenato e à benemerência. Nasceu em Salta em 1826, filho de pai francês e mãe argentina. Estudou medicina em Buenos Aires, a mesma profissão do pai. Depois de formado virou obstetra de prestígio, atendendo as famílias mais seletas da estirpe crioula. Em pouco tempo amealhou uma grande fortuna. Homem culto, alto e elegante, passou a ser o solteiro mais cobiçado da capital. Não tinha pressa em contrair matrimônio; prova disso é o fato de que só aos 44 anos se casa com Amália, uma jovem mulher ou menina um pouco crescida de apenas quinze anos. A beleza de Amália e sua cútis angelical foram varridas pela varíola, que quase põe fim à vida dela. Isso aconteceu pouco depois do casamento e perturbou profundamente o doutor Pessegueiro, homem para quem a imagem era muito importante. As sequelas da doença haviam acabado com a beleza de sua esposa. Amália tinha marcas, cicatrizes profundas no rosto. Pessegueiro modificou seu comportamento. Determinou que as janelas do casarão ficassem fechadas para sempre e que a porta só se abrisse em raras ocasiões, para algumas pessoas próximas. O fato era que ele havia transformado a casa familiar em prisão. Primeiro, para Amália; segundo, para as criadas; e terceiro, para ele próprio. Fácil seria, hoje, apontá-lo com o dedo e acusá-lo.

Em todo caso... o que restava para Amália, uma menina que aos quinze anos se casa com um homem tão "importante" e que em seguida adoece gravemente? E com tamanho azar, que a doença leva consigo sua beleza. O poder de Amália estava extinto. Mundo cruel. Restava um homem poderoso com uma mulher sem poderes. Estamos falando de uma mulher do século XIX. Ela fugiu de casa quando o homem piorou da loucura que o tomara, entre cujas manifestações podemos citar uma misoginia aguda. A tal ponto que ao morrer deixou sua fortuna para a construção de um "hospital para homens", sem nada legar à esposa, que morreu na miséria, no Uruguai, depois de fugir do casarão-prisão, de medo de ser assassinada pelo marido. Os juízes da época, que hoje poderíamos considerar francamente cruéis, não acataram o pedido de divórcio de Amália, mas, sobretudo, suas súplicas por justiça, e negaram-lhe todo ressarcimento econômico. Na atualidade, o Hospital Pessegueiro perpetua o nome do doutor Pessegueiro e o evoca como um benfeitor da saúde pública.

– Que coisa, não é? – falei.

– Que grande filho da... – disse Fê.

– Que desastre de ser humano, melhor dizendo – falei.

– E pensar que a Amália tinha quinze anos, que nem nós.

A história de Amália e do doutor Pessegueiro acabou com nosso soluço.

– Você entende, Fê? – comentei. – E eu que às vezes me queixo... A humanidade devia pedir perdão à coitada da Amália. Ela... O que sobrou para ela? Não apareceu nenhum super-herói para ajudá-la!

Depois pensamos se pelo menos ela teria podido curtir alguns dias felizes, alguns dias de sol. Se algum amigo a teria feito rir, em seu exílio uruguaio...

NÃO PRECISO ENTENDER O MISTÉRIO

– Você se dá conta, Fê...

– Do quê, Rô?

– De que a gente sempre começa com uma besteira.

– É mesmo, com o concurso de soluço, por exemplo.

– Isso. E depois continuamos com...

– Com o doutor Pessegueiro, por exemplo.

– Por exemplo.

– Mas o que fazer, não é mesmo? Algumas histórias são duras, não dá para deixar mais leves, nem a pau. Na história original o lobo engole a vovozinha. Engole viva e crua. Não dá pra deixar essa história mais leve.

– Claro que dá – respondi. – Na minha opinião, dá pra deixar mais leve.

Fê ficou me olhando com olhos pendurados, olhar pendurado:

– Você está negando a sua história. Seu pai era um bêbado de fim de semana, ou alcoólatra. Tinha muito dinheiro, e daí? Era o que era. E espancava sua mãe. E sua mãe era um mistério mais misterioso que seu pai. Por que ela defendia seu pai? Por que se calava? Coitada.

Fiquei sério. Fê achou que eu tinha me ofendido e pediu desculpas. Expliquei que ela não tinha me ofendido e que muito obrigado. Expliquei também que não tinha necessidade de entender o mistério de meus pais porque eu mesmo já era mistério suficiente, que queria viver, que ninguém entende muito de nada, nem com que objetivo somos o que somos, nem para onde vamos, nem por que viemos.

Aí ela perguntou:

– Sério que seu pai morreu no avião Concorde, ou é...?

Os olhinhos de Fê ficaram apertados. A testa enrugada e o corpo inclinado para a frente, como sempre fazia quando me perguntava alguma coisa que considerava muito delicada. O incrível, a verdade, é o jeito como papai morreu. Mas não tenho problema em falar da morte de meu pai, é uma coisa chorada. O que se chora a tempo, na hora certa, depois vira outra coisa. De vez em quando me dá saudade, tenho algumas lembranças agradáveis, não muitas. Papai não era o tipo de pai que espalha lembranças agradáveis por todo lado. Ele era meio grosso, é verdade. Mas essas poucas lembranças me fazem ficar com um nó na garganta. É tudo muito contraditório, porque às vezes amo meu pai e ao mesmo tempo sinto aversão por ele. É muito difícil carregar o fardo do ódio, é horrível. Quero que algum animal selvagem leve esse meu fardo para longe, eu ficaria muito feliz se pudesse transformá-lo em alguma coisa concreta, por exemplo em sal; num pedaço de céu, em água, sei lá, se eu fosse capaz de transformar o chumbo em ouro, o ódio em ouro.

– Vou para Paris – ele me disse um dia.

Para ele, ir para Paris era como dar uma volta em outro bairro, uma coisa tão normal que para mim todo mundo ia para Paris por razões de trabalho. Papai informava:

– Vou para Paris; passo por Nova York e volto em uma semana e meia.

E voltava. Quando a gente é criança, vê tudo distorcido, acha que o que acontece na casa da gente é normal em todas as casas. Normal, para mim, era ter um quarto do tamanho de um apartamento de dois cômodos, com móveis de carvalho, lençóis com um perfume que nunca saía; porque uma das coisas de mamãe era que ela adorava perfumes diferentes, impossíveis de classificar.

Quando o Concorde se espatifou no aeroporto de Paris, nem nos passou pela cabeça que papai estivesse entre os passageiros. Só que estava. De Paris com destino a Nova York, ele ficou no meio do fogo e das ferragens, no meio das turbinas e das malas, no meio dos cadáveres calcinados como o dele. Tenho até hoje um recorte de jornal:

(Madri, agência SINOP, 25 de julho de 2000.) Os aviões Concorde nunca haviam registrado um acidente grave desde seu voo inaugural, em 1969, recorde que lamentavelmente foi quebrado na terça-feira passada. Em decorrência de causas a serem analisadas por uma equipe de peritos, uma aeronave decolou do aeroporto Charles de Gaulle (Paris) com um dos motores em chamas e poucos segundos depois caiu sobre um hotel do povoado de Gonesse, deixando um saldo de cento e treze vítimas fatais.

O Concorde acidentado era um dos sete aparelhos de propriedade da empresa Air France e contava vinte anos de idade. O voo havia partido com uma hora de atraso devido a anomalias detectadas pelo piloto no motor de número dois, situado no interior da asa esquerda. Quando os painéis de controle deixaram de registrar falhas, depois de concluído o trabalho dos técnicos e realizados os testes de rotina, tudo parecia em ordem e a decolagem foi autorizada.

Quando a aeronave avançava a uma velocidade de trezentos quilômetros por hora, o piloto percebeu que o motor supostamente consertado estava em chamas. O comandante do voo avisou a torre de controle que o motor consertado apresentava uma avaria e que já superara o que se denomina momento "VI", ou "ponto sem retorno". Essa expressão indica que o aparelho já não tem condições de frear na pista e que não há alternativa senão decolar e tentar uma aterrissagem no aeroporto mais próximo, no caso o Le Bourget, situado a apenas vinte quilômetros do Charles de Gaulle. Os escassos dois minutos de voo nunca se completariam.

Tudo isso ficou comprovado por intermédio das caixas pretas, que registram as comunicações a bordo. A comunicação do piloto com a torre de controle foi estabelecida segundos depois de iniciada a decolagem, para anunciar que havia fogo em um dos motores e que a única opção do comandante seria dar início ao voo, visto que os motores estavam em potência máxima. As caixas pretas e os despojos do avião sinistrado iriam determinar as razões pelas quais haviam falhado os testes que deram respaldo à autorização para a saída do aparelho.

Em casa, o impacto da notícia foi descomunal. Chorei, sim. Chorei muito. Vilma não. Quase nada. Dedicou-se a consolar mamãe, a assumir o controle do navio.

COM AS MÃOS CRUZADAS SOBRE O PEITO

Os dias ruins vêm, ficam. E não querem ir embora, os dias ruins gostam de mim. Muitas vezes eu acho dificílimo sair da cama, por isso também tenho dificuldade para ir deitar cedo. Deitar e levantar são duas decisões de peso, determinantes. Quanto mais tarde me deito, mais tarde me levanto – e começa um ciclo ruim. Suponho que as coisas desagradáveis não desapareçem assim sem mais, elas deixam suas sementes, e dessas sementes nascem coisas amargas, até que secam e são obrigadas a esperar outra temporada.

Para Fê deve ter sido uma completa decepção comprovar que eu não era tão adorável assim. Que era um garoto complicado.

O fato é que a primavera passou, o ano letivo chegou ao fim, as benditas festas de fim de ano se aproximavam e com Fê ia tudo bem, até que um dia discutimos.

Claro, eu estava mal. E ela veio com a pergunta:

– No que você está pensando?

– Em nada.

– Em alguma coisa você deve estar pensando.

– Juro que não sei.

Eu não penso, na verdade não sei pensar. É verdade. Minha cabeça, para fazer alguma coisa, associa uma coisa depois da outra, mas pensar... não sei o que é pensar. Faço, ajo e, se resolvo fazer isso, posso até estudar química para evitar a recuperação. Mas não sei pensar de forma organizada. Como se a pessoa dissesse para si mesma: bom, vou pensar em como resolver minha vida daqui para a frente. O fato é que a gente acredita que tem pensamentos contínuos, mas não é bem assim. É apenas nada.

– Rô... por que esse silêncio?

Durante muitos dias a tônica foi que eu não falava e a Fê perguntava. E surgiu essa parte da minha personalidade: o mau humor. Os gestos desagradáveis. A irritação. É quando tudo parece estar se movendo e eu me sinto parado, num caixão. É, num caixão de morto. Com as mãos cruzadas sobre o peito. Estou morto. Falta convencer a parte de mim que ainda caminha e desempenha os rituais da vida, mas morto estou. É um fato. É uma doença, uma peste; a sensação de que já fui.

Deve ser orgulho, mas nunca tive a capacidade de dizer a Fê que me sentia um cadáver, que eu estava sendo velado. Eu sabia que ia passar, que uma tarde eu sairia do caixão e voltaria a ficar com vontade de falar, de ir ao cinema, de arrumar o quarto, de rir, de acariciar a Fê.

Mas... como os mortos podem ser maus! Primeiro, fiquei tão enjoado de ouvir aquele "No que você está pensando?" que um dia aconteceu uma coisa inesperada.

Federica gritou comigo. A sério. Ficou brava de maneira incrível, improvisada, firme e impreterível. Estávamos andando por uma rua de Palermo, perto da escola, e ela despejou toda a amargura provocada por minhas respostas grosseiras, meus silêncios, meu velório, meu cheiro de podre. E gritou comigo. Disse de tudo. Palavras horríveis inclusive, e eu podia ter ficado ofendido para sempre. Mas vi que ela estava tão angustiada que fiquei com pena.

Chegamos em casa. Vilma não estava.

— Não sei o que está acontecendo comigo, é...

— Você está morto! — ela disse. — E só se interessa por uma coisa: em pensar na maneira de morrer melhor!

Fora papai, ninguém nunca tinha gritado comigo. As brigas de irmão com a Vilma foram raríssimas, a diferença de idade era muito grande. E mamãe sempre foi de pouco contato, sempre ausente, distante. Nunca fui suficientemente importante para merecer uma boa bronca, para que ela gritasse comigo.

A partir daquele dia, do dia da raiva da Fê, pela primeira vez minha morte teve um inimigo para opor-lhe resistência.

Pela primeira vez a morte também se sentiu um alvo que podia ser atacado. E tudo o que aquela sensação oferecia de confortável, de pessoal para mim, tudo isso foi para o espaço. Fê se intrometera entre a morte e eu.

Papai trabalhava na diretoria de uma siderúrgica que vendia tubos de aço sem costura a meio planeta, por isso as viagens faziam parte de seu trabalho.

Os clientes da siderúrgica eram empresas petroleiras descomunais, com filiais espalhadas pelo mundo inteiro. Os tubos eram utilizados para transportar o combustível através dos desertos ardentes de algum país asiático, por exemplo, até a destilaria. É o que imagino: algo do tipo.

A verdade é que nunca me preocupei muito em saber qual era a utilidade dos tubos sem costura.

Vilma acha que foi em alguma dessas viagens, nas horas noturnas de algum hotel luxuoso e triste que ele tomou gosto pelo álcool; seja como for, ele já era violento antes de se acostumar a exagerar na bebida.

Um dia em que estávamos andando ao sol, sem rumo, Vilma me contou certas coisas:

– Papai nunca foi um bêbado descontrolado. Ele só bebia de vez em quando e por isso sua violência se manifestava sem que ele se preocupasse em saber se estávamos ouvindo ou não. Mas ele sempre foi de espancar a mamãe.

A explicação caiu dentro de mim feito uma segunda pedra.

– Mas... Por que mamãe não pedia ajuda?

Vilma pôs a mão no meu ombro:

– Porque a vítima da violência se sente culpada. Sempre. Esse é o mecanismo existente entre os que batem e os que apanham. A pancada é sempre a última fase da violência, porque antes houve violência de gestos, portas batidas, humilhações. A vítima se sente um nada, porque...

É horrível escutar tudo isso.

Vilma parecia aliviada de poder compartilhar o assunto comigo.

– ... está sob o domínio psicológico do espancador, que fica o tempo todo dizendo a ela que ela é uma pessoa que merece o castigo. Para completar, o que bate, depois de bater, passa pelo período de arrependimento, de reconquista, é um ciclo sempre idêntico. Mamãe achava que o verdadeiro companheiro era aquele, até que voltavam os gestos, as gozações, as pancadas. Eu tive um acesso de fúria com a mamãe. Por que ela

aceitava aquilo? Com o álcool, tudo piorava. Foi aí que para ele nós dois viramos cúmplices dela. Porque a gente se metia.

Se tem uma coisa que eu gosto na Vilma é que ela nunca diz: "Coitado do papai, a gente precisa entender ele..." Não, Vilma sabe que não quer repetir a história da mamãe e que o espancador, para ela, sempre será...

– Um cretino, um infame; é preciso fugir de gente assim. Mamãe não conseguiu.

CÓCEGAS

Quando era pequena, Federica achava que todo mundo conseguia ver a morte. Dizia que a morte era a Pulsação. Uma válvula que pulsava como um coração preto no ar. A Pulsação podia surgir do meio do próprio nada, num dia de sol, num piquenique de entrada da primavera.

— A Pulsação estava atrás do pato desde que ele saiu da água, apontava o rumo que ele deveria seguir. O pato não fazia a mínima ideia, não conseguia ver a Pulsação, mas sentia que devia avançar numa determinada direção. Ela dizia ao pato aonde ir, para que fosse ao encontro dela.

— Que forma ela tem?

— É um pedaço de escuridão que palpita, que tem pulso. Sai, entra, sai, entra. Sobe, desce, sobe, desce.

— Estou impressionado, Fê.

– Impressionante é ver como algumas pessoas vão atrás dela sem querer, a Pulsação se esconde, mas elas vão atrás. Só que na maioria das vezes é a Pulsação que escolhe a vítima.

– E comigo?

– Uma coisa que me chama a atenção é que com você ela vai e vem.

– E qual é o sentido disso?

– É diferente de tudo o que já vi até agora. Mas esclareço que não sei nada em especial. Simplesmente vejo a morte. Para mim, a morte é uma coisa...

– O quê?

– É como se ela viesse visitar você. Fica parada, imóvel, perto.

A conversa era absurda, mas nós dois estávamos muito sérios.

– E por quê?

– Eu acho que a Pulsação não está com a menor pressa em levar você com ela. O problema é que você não aguenta muito a realidade, a vida de todos os dias, e por isso a atrai.

Então, pela primeira vez na minha vida, acho que tive um pensamento.

– Fê, não acho que a realidade seja a vida. É como se você estivesse me dizendo que a tevê é a realidade. Para mim, a vida é um ponto minúsculo, desse tamanhozinho. Antes e depois, vem a realidade. Que pode incluir-nos ou não.

Falei isso e me surpreendi: "Que pode incluir-nos ou não."

Foi como dizer: "Talvez eu nunca esteja vivo de verdade".

Aí a Fê investiu:

– Peguei você, seu bobo! Olha você aí! Está doendo aqui, aqui você sente cócegas! Isso não é real? Por acaso não é vida, também?

E a Fê se jogou em cima de mim e começou a me fazer cócegas. É horrível, para mim, esse negócio de cócegas. Me mata, acaba comigo... Mas ela enfiava os dedos embaixo das minhas axilas e eu morria de prazer, de medo de ficar sem ar e também de amor, porque o corpo da Fê estava ali, junto do meu.

– Está bem, está bem! Vou mudar minha teoria!

Fê se acalmou.

– Bom... e como é a nova teoria?

Fiz voz de professor.

– É assim... Já que a vida é uma coisa sumamente irreal e curta, não pode ser sinônimo de realidade. A vida é uma coisa, a realidade é outra. A realidade seria todo o resto, o que vem antes e o que vem depois da vida, mas como não sabemos se nesse antes e nesse depois nós estamos incluídos, e como não há maneira de demonstrar isso... hmmm...

– Vai, continua!...

– E... bom... só nos resta aceitar que o único lugar que temos para sentir cócegas é...

– É?...

– Bom, a vida... Ai, chega, por favor!

– Muito bem, aluno Rodolfo! Que progresso!

– E o único lugar onde eu posso estar com Federica é na vida.

– E portanto?

– Portanto podemos incluir, provisoriamente, a realidade como uma parte da vida... Chega, mais cócegas não vale!... Mas só uma parte. A parte onde Federica aparece.

Ela ajeitou os óculos, fez um gesto que me deixou atordoado, sorriu.

E para concluir, falei:

– Só que você mora no décimo oitavo andar... dorme no espaço... acha isso super realista?

– Acho é que você está precisando de outra dose de realismo!

E Fê se jogou de novo em cima de mim e me cravou os cinco dedos de cada mão em cada uma das minhas axilas, e me fez contorcer-me de risadas e loucura. O riso é o estado de ânimo dos deuses, só que ninguém faz cócegas nos deuses e eu sentia que a vida ia estourar na minha cara, que os dedos da Fê me levavam a um êxtase desesperador e ao mesmo tempo maravilhoso, eu queria e não queria.

– Mais realidade!

E Fê aumentava a pressão nas axilas, no pescoço, nas costas, meu corpo inteiro já estava rendido, um roçar de pele já me fazia rir e o peso da Fê sobre mim era tão leve e ao mesmo tempo tão consistente...

Suas mãos inquietas me fascinavam, dedos que pareciam esquilos em busca de lugares onde ninguém havia pisado até hoje, ela era como uma escaladora em algum pico remoto do Himalaia.

Ai, Fê, que felicidade e que medo de morrer.

Leve... tão leve!

Rir emagrece.

MAMÃE JOGOU O FOGO PELA JANELA

Um dia eu estava na cozinha com mamãe e de vez em quando olhava para a primavera do jardim e bocejava. Devia ser um domingo de manhã, com certeza era, porque havíamos pedido massa num restaurante. Vilma ainda devia estar dormindo no quarto dela. O que eu sei é que mamãe estava comigo; e que isso aconteceu algumas semanas depois do acidente de papai.

– Sabe de uma coisa? – ela me disse.

– Não, mã, o quê?

– Vou me mudar. Para outro bairro.

– Sozinha?

– Com quem haveria de ir? Ninguém vem me visitar. E aqui nesta casa tem gente demais.

Senti um medo crescente à medida que mamãe falava aquelas coisas tão esquisitas. Sua fisionomia estava calma, mas tudo o que ela dizia era novo, irreconhecível. Pouco depois, voltou a ser mamãe. Demorei alguns dias para contar aquilo à Vilma; mamãe também havia dito coisas insólitas a ela. Havia dito isto:

– Já arrumei a maleta. Vou para a casa dos meus pais.

Vilma, que já estava começando a entender, explicou a ela:

– Mamãe, vovô e vovó, seus pais, já morreram.

– Mas eu não estou falando dos pais que eu tinha antes; estou falando dos meus pais de agora.

O círculo da loucura foi se fechando a uma velocidade supersônica. Poucas semanas depois da morte de papai, mamãe já estava louca de atar. Um dia ela queria pegar o fogo e as bocas do fogão com a mão e jogar pela janela. Resultado: ficou com as mãos queimadas.

– Precisamos fazer alguma coisa – disse Vilma.

Mamãe já não tinha condições de tomar conta de si sozinha. Vilma se encarregou de tudo o que foi preciso para que mamãe fosse internada num hospital para doentes mentais. Não digo isso com ironia. Mamãe é como uma faca: pode atravessar você de lado a lado sem a menor culpa. Ela nem chegaria a se dar conta do que você era – não apenas o filho dela, como simplesmente um organismo vivo – enquanto não cortasse você ao meio. Foi difícil para mim, antes, perdoar seu silêncio e sua cumplicidade de vítima, e agora tenho dificuldade para perdoar sua loucura. Quando papai saiu de cena, eu e

Vilma, cada um do seu lado, imaginou que estava começando uma época de ouro na relação com mamãe. Ela finalmente poderia interagir conosco. Porque até ali não fora uma mamãe, mas um para-choque.

Embora Vilma me diga que eu deveria me dar conta de que tudo era parte da mesma coisa, de que tudo estava no mesmo pacote, de que as cartas haviam sido embaralhadas daquele jeito...

Quando internamos mamãe, pensamos em nos mudar da casa paterna da rua Humboldt, mas com o tempo fomos ficando e não tornamos a tocar no assunto. A casa é silenciosa, tem móveis de gente adulta e séria; tem um ar de sofrimento, as paredes às vezes retêm água, umidade. Tenho a sensação de que estão chorando, porém não quero dramatizar só para dizer que esta casa é triste e escura, mas que também é como uma torre de vidro ou de marfim. Viver aqui é como viver longe. Aqui olho os pássaros do jardim e imagino o horizonte, às vezes imagino os entardeceres do outro lado da cidade ou sobre o rio.

Não me lembro de momentos alegres. O mais parecido com alegria foi uma espécie de exaltação mística que me tomou durante algumas semanas, depois de ficar sabendo que papai batia em mamãe. Eu queria que um raio caísse sobre aquele desconhecido que batia em mamãe, e rezava de dia, rezava de noite até cair no sono, e na minha mente se armavam tempestades.

Desde que a Fê me disse que a Pulsação vai e vem ao meu redor, sinto-me observado o tempo todo por uma coisa que não sabe direito o que fazer comigo. Nem mesmo a morte sabe o que fazer comigo. Situação patética, a minha.

Se o cara for capaz de ir em frente, o que hoje não faz sentido pode fazer sentido amanhã. Mas eu não sou um caçador de sentido, não me preocupo com o sentido da vida e menos ainda com o sentido da *minha* vida.

Estou cansado da ingenuidade alheia, dos tolos que acreditam que conseguem entender alguma coisa. Estou cansado de mim, que não entendo nada.

RECEITAS

Federica queria ter voz, queria falar. Mas não, a afonia a obrigava a comunicar-se por meio de sinais. Ela já me ajudara a fazer os deveres. Vilma tinha razão, Fê era uma boa influência para mim. Minhas notas de fim de ano melhoraram graças a ela. Fui aprovado em todas as matérias em que estava matriculado. Não me interessa falar da escola, claro. O Natal ainda não havia chegado, mas faltava pouco, só alguns dias. As ruas estavam com mais movimento, cada loja tinha seu gordão vestido de Papai Noel. Fê e eu, porém, estávamos alheios a esses lances todos. Naquele dia a gente só queria fazer uma *pasta frola*.[2] Farinha, doce de marmelo, manteiga, açúcar. Uma gema de ovo. Não parecia difícil.

---

2   Torta de doce de marmelo típica da culinária argentina. (N. T.)

Vilma apareceu de repente, quando a Fê misturava o creme numa tigela. Eu estava ao lado dela, queria ficar olhando para ela, toda concentrada misturando as coisas. Em minha opinião deveríamos pôr o doce de marmelo em banho-maria para depois amassá-lo e fazer um purê. Ou será que o doce derreteria sozinho depois de ir para o forno? De qualquer modo, eu podia tomar decisões por mim mesmo. Banho-maria.

O olhar de Vilma estava diferente. Assustado.

– Hoje não volto para o instituto. Um louco está deixando ameaças para mim.

– Que ameaças?

Fê me deu uma cotovelada. Estava olhando para trás da Vilma, olhava para alguma coisa atrás da Vilma e eu não via nada, mas ela via. Vilma me respondeu:

– A pessoa fala que papai não morreu no acidente. Que vai voltar para fazer justiça.

Abri a boca, mas em seguida entendi tudo. A vida seguia com sua lógica imunda, sem trégua.

– E quem poderia ser? – perguntei.

– Era uma mulher, uma voz de mulher.

– Rá! Olha só. Será que o velho tinha alguma namorada?

A Pulsação está atrás dela.

Fê olhava para mim. Fixamente. Palavras vindas de algum outro lugar abriam caminho em minha cabeça.

– Você está falando comigo, Fê?

A Pulsação está atrás da Vilma.

Fê estava afônica. Não conseguia falar. Apesar disso, eu a ouvia.

Vilma tomou um chuveiro e foi se deitar. Estava com os olhos úmidos, vermelhos.

A *pasta frola* já estava no forno e em breve começaria a emitir um cheirinho. "O cheirinho feliz".

Fê olhava para mim. De novo, com aquele olhar que falava.

O CONCORDE TORNA A VOAR

Fiquei com uma espécie de obsessão com o Concorde. De vez em quando procurava nos jornais ou na internet informações sobre o acidente ou sobre qualquer outra coisa que mencionasse a palavra "Concorde".

Achei fascinante verificar que os Concordes voltariam a voar.

23.10.2001 DUBLIN AGÊNCIA DUM

Tem início uma nova e decisiva etapa para o Concorde, já que uma das aeronaves da British Airways (BA) voltou a cruzar o Atlântico e aterrissou no Aeroporto Internacional John F. Kennedy, de Nova York, na segunda-feira. O "pássaro branco", orgulho da aviação mundial, sofisticado e de manutenção onerosa, partiu de Londres às 10h14 gmt e chegou à cidade norte-americana às 13h40 gmt. Um porta-voz da companhia declarou que tudo havia funcionado de acordo com o esperado. Contando passageiros e tripulantes, cerca de cem pessoas tiveram o privilégio de retomar esse itinerário e não reclamaram do fato de o voo chegar com um atraso de quinze minutos, graças ao opulento serviço de bordo, que incluía champanhe e pratos deliciosos. Assim começa a encerrar-se uma triste página da história recente. No dia 25 de julho de 2000 um Concorde se acidentou nos arredores de Paris, e sua queda provocou a morte de 113 pessoas. A rigorosa investigação posterior obteve dados estarrecedores, que também revelam certa negligência: quando o Concorde começou a ganhar velocidade para decolar, na pista do aeroporto Charles de Gaulle, uma de suas rodas passou por cima de um pedaço de metal que não deveria estar ali. Em decorrência disso, o pneu estourou e os fragmentos de borracha perfuraram o tanque de combustível, que explodiu logo depois. As novas medidas de segurança exigiram a utilização de pneus de maior resistência, e os tanques de combustível são à prova de bala. A British Airways e a Air France, empresas criadoras do avião supersônico, anunciaram que no dia 7 de novembro darão início aos voos comerciais, com a mesma frequência anterior ao acidente, ansiosas para recuperar o prestígio e os clientes perdidos.

NATAL DE LOUCURA

Era a primeira vez que mamãe ia sair do hospital. Estávamos ansiosos. Não havia outros pacientes à mão, nem vontade de viajar para visitar algum tio distante. Nada. Para nós, o Natal deixara de ser uma festa. Mas falamos com o médico de plantão naquela semana e obtivemos a autorização para retirar mamãe. Mamãe já não punha as mãos no fogo, já não era perigosa, alguma coisa nela estava ficando boa. Indo para o lado bom. Vilma resolveu usar o carro de papai, que nunca havíamos vendido por preguiça. Fomos o caminho todo ouvindo música e repetindo um para o outro duas ou três instruções básicas:

— Não falar de papai.

— Claro.

— E muito menos da louca que fica nos telefonando para dizer que ele está vivo.

– Muito menos, claro.

– Demonstrar a ela nossa alegria. E mimá-la.

Devia ser umas quatro da tarde. Esperamos numa sala gigante, de paredes sujas, desbotadas. Mamãe chegou com um sorriso de santa. Acho que não sabia quem a gente era, mas ficou feliz com a ideia de um passeio, como explicou a enfermeira.

– Vamos, Julita. Passear. As crianças chegaram.

A enfermeira sorria, sorria com autoridade: especialista em pilotar tempestades da mente. Mamãe estava mais que dopada, acho. Os olhos velados por uma espécie de névoa, a voz sussurrante. Mas estava limpa e vestida com elegância. Um perfume daqueles dela, com fragrância de outros planetas.

Embarcou no carro com atitude impecável; uma menina que precisava demonstrar bom comportamento.

– Você ainda gosta de frango, mamãe?

– Com alho, filha. Com muito alho. Com pimentão também, orégano e salada verde.

Gostei daquela exatidão toda.

– Ótimo! Teremos tudo isso no nosso almoço.

– Filha... De tudo? Até Mantecol? [3]

Sim, havíamos comprado Mantecol. Coisas doces para mamãe. Torrones duros, chocolates. Quando chegamos à porta

---

3 Guloseima tipicamente argentina, feita com pasta de amendoim, comercializada com esse nome. (N. T.)

de casa ela ficou um pouco agitada, mas logo depois entramos e tudo ficou bem. Olhou a casa como se fosse a primeira vez que a via e exclamou várias vezes:

– Que lugar mais lindo! Como vocês estão bem instalados!

Vilma ofereceu:

– Bom, mã, se instale! Se quiser, pode assistir tevê ou ouvir música. Ou será que você prefere ler?

Mamãe olhou para nós, incomodada.

– Não. Quero ficar com vocês. Estão tão bonitos!

Fomos tomados de surpresa. Não havia grande coisa para fazer, além de pôr um frango no forno. Todo o resto havia sido comprado pronto. Fizemos um café; mamãe bateu-o com açúcar e começou a cantar boleros. Nos disse que tinha uma amiga que sabia um montão de boleros e que sentia falta de namorados, que um de seus namorados havia sido um baixinho cantor de boleros. Que terminara com ele porque ele era como os marinheiros, uma namorada em cada porto.

Mamãe disse isso com uma malícia que nos encantou. Depois viu a caixa de papelão com um quilo de doce de leite. Pegou uma colher, tirou a tampa e começou a comer o doce que ficou grudado no papelão. Bem como a Vilma costuma fazer, bem como eu também faço. Naquele gesto descobri que éramos, apesar de tudo, uma família. Quase começo a chorar; choro de mudo.

Fê telefonou e disse que vinha conhecer mamãe. Como ia perder a oportunidade? Morava a cinco quadras da nossa casa, de modo que não demorou nada. Estava linda, a Fê. Parecia uma menina travessa.

– Onde está mamãe? – quis saber, assim que entrou. E quando a viu, as duas se abraçaram. Na hora. Assim sem mais: fundiram-se num abraço. Vilma e eu ficamos de queixo caído.

– Isso se chama ter química, garoto. Com essa, você acaba de ganhar a mamãe.

O que aconteceu entre Fê e mamãe foi amor à primeira vista. Também acho que foi natural, e uma demonstração de que mamãe e eu tínhamos uma linha de contato, apesar de tudo. Porque eu adoro a Fê, porque a Fê é um milagre; e mamãe reconheceu isso, que nem eu.

Um tempo depois anoiteceu e acompanhei Fê até a casa dela.

– Você é uma caixinha de surpresas – falei para ela. – Que incrível, o jeito como você e mamãe se entenderam.

– E eu nunca vi você desse jeito.

– Desse jeito como?

– Vá se olhar no espelho, garoto. Você está contente.

Eu estava muito mais que contente. Estava feliz e um pouco eufórico. Passei pela casa da Fê e cumprimentei rapidamente os pais dela. A mãe é psicóloga, mas está economizando para realizar um sonho: quer abrir uma loja de alimentos na Villa La Angostura e ir morar na zona sul quando Fê chegar à maioridade, porque já declarou que não pretende mudar-se de

Buenos Aires. O pai, a contragosto, está disposto a ir com a esposa para a zona sul, se é que consegue obter a aposentadoria na mesma ocasião. Eu gosto dos pais da Fê, mas principalmente porque os dois juntos realizaram esse milagre chamado "Fê". Ela tem dois irmãos bem antipáticos para o meu gosto, bem mais velhos. Parece que a Fê nasceu por acidente, quando ninguém a esperava nem procurava; mas chegou, e agora é a queridinha da casa.

A mãe da Fê me fez provar uns pãezinhos doces caseiros cobertos com chocolate. Eram incríveis e comi meia dúzia antes de ir embora.

Fui andando até em casa com uma alegria que nunca havia sentido antes. Com mamãe por perto, outra mamãe me oferecia coisas deliciosas. Dinheiro chama dinheiro, dizem.

Era sexta-feira. Véspera de natal. Mamãe ficaria conosco até segunda-feira de manhã. Outra vez em casa, percebi que o clima havia mudado um pouco. Mamãe parecia cansada. E Vilma, acelerada. Perguntei se havia acontecido alguma coisa.

– De vez em quando ela fala uma bobagem. Ainda bem que você voltou. Por que demorou tanto?

– Os pais da Fê me convidaram para entrar.

– É, mas mamãe está aqui!

Vilma tinha uma certa razão. Estava histérica, mas, mais que isso, estava com medo.

No fim comemos frango com salada e três sobremesas. Nós três adorávamos doce.

Em certos momentos, parecíamos a mais normal das famílias. Mas de repente, no meio de uma conversa, mamãe dizia:

– Será que aquele homem vai chegar? Se por acaso ele chegar, vocês dois não se metam. Vão para suas caminhas. Está bem?

E um segundo depois:

– Bom, não fiquem sérios desse jeito. Ele não vai chegar, não é mesmo?

Quando ela dizia coisas desse tipo, Vilma se levantava e fazia de conta que precisava buscar alguma coisa. Espertinha, ela! Me deixava sozinho! Vai ver que era até capaz de chorar. Eu não. Estava com um imenso nó na garganta.

Natal com mamãe. Eu não sabia que ia ficar tão feliz. Porque mesmo com a tristeza, mesmo com o bizarro da situação, mesmo assim fiquei feliz.

A PARTÍCULA DE TUDO

Para algumas pessoas, a vida vem com roteiro e elas repetem as instruções de memória, todos os dias. O mesmo trabalho anos a fio, os mesmos rostos; as piadas, também repetidas. Toda essa gente vai se tranformando numa montanha de rotina sem nem sequer perceber. Não é que eu queira dar uma de garoto malvado, por favor. Não me sinto melhor que ninguém. O que nos leva à posição de João-rotina é o medo, o fato de não saber nada sobre este mundo onde estamos, sobre a força que nos impulsionou antes de nascermos. Por isso erguemos muros, casinhas, aposentos seguros. Nossa mente é como uma casa blindada, menos a da Fê para mim.

Muitas vezes (nem sempre) consigo ler os pensamentos da Fê, e muitas vezes (nem sempre) a Fê consegue ver essa coisa que ela chama de "Pulsação" (e toda vez que ela menciona a

Pulsação eu penso que se trata de uma partícula do grande coração do Universo, de um pedacinho de tudo, tudo, tudo).

Mas ela sabe que vê algo que não consegue compreender integralmente; ela chamou esse algo de "morte" porque o viu entrar no pato, mas tem dúvidas, dúvidas cada vez maiores:

– Também pode ser o anjo que toma conta. O anjo que anda junto. Pode ser isso, e também pode ser a morte. Porque a gente não sabe.

Fê olha para mim com seu rostinho inteligente. O anjo que toma conta.

– Vemos só uma mínima porcentagem do que existe em torno de nós. A matéria escura está enfiada em todos os lugares. Ai.

– Ai quê?

– Eu queria viver mil anos.

– Para quê?

"Para não morrer sem entender algo de verdade."

"Para ter tempo de apagar o roteiro que prepararam para mim."

"Para escrever meu livro sozinha."

"Para ver e entender o que vejo."

O anjo que anda junto.

A LIBERDADE

– Não sou modelo nem artista – dizia mamãe, de vassoura na mão. – Mas sou capa de revista.

E cantava alto:

Não sou modelo nem artista,
mas sou capa de revista.
Tenho um noivo pequenino
com cordéis de marionete
ele esquece o seu destino
porque não lembra da letra.

Mamãe não inventa essas músicas; ela canta canções de Mila e Marisa, suas colegas poetas do hospital.

Sair de casa com ela foi uma péssima ideia. Era sábado, era véspera de Natal, mas os poucos automóveis que circulavam deixaram mamãe completamente alterada. Ela erguia as mãos, queria que parassem, que a cidade se detivesse para agradá-la. E os insultos iam saindo de sua boca, em voz baixa e em grande número.

– Recalcado! Tomara que você fique torto para todo o sempre! – maldizia um.

– Porcalhão! Que o diabo leve as suas patas! – bendizia outro.

E de repente seus olhos olhavam para mim, se suavizavam:

– Que bonito você é. Que linda, a sua namorada.

Claro que a Fê logo apareceu, depois de jantar. Se pudesse escolher, teria preferido passar as festas conosco. Mas as festas servem para a pessoa se aborrecer na companhia dos tios e dos primos. Fê achava minha vida o máximo, disse isso muitas vezes: uma irmã e um irmão; dinheiro para viver e uma liberdade imensa.

Para mim, as coisas não eram assim, porque a liberdade é outra coisa; não sei o que é a liberdade. Mas a liberdade de viver sozinho e de organizar a própria vida é uma liberdade de faz-de-conta.

Mas são coisas que eu sinto e que não sei explicar, talvez com os anos eu aprenda o que é a liberdade, por enquanto não tenho argumento; mas sei que viver como eu vivo não é liberdade para valer.

Depois do passeio e dos insultos, mamãe não foi mais a mesma. Alguma coisa nela havia mudado, havia trocado de lugar. Deve ser isso, a loucura: a impossibilidade de fixar a mente num ponto. Lá ia mamãe, sem ordem na cabeça, correndo como o camundongo que corre, corre, corre. Todos podemos fazer isso: olhar o mundo a partir de uma terra segura, estável. Os loucos não conseguem parar quietos e ficam o tempo todo trocando de lugar, e o chão os engole, ou treme, ou não há chão algum. O problema é que quando eles trocam de lugar, algumas coisas que pareciam minúsculas ficam enormes. Formas familiares desaparecem e outras nunca vistas aparecem de repente. São as coisas que os loucos veem, são as coisas que eu vejo quando pinto. Quando eu pinto, sou louco, não louco propriamente, mas louco por partir numa viagem com a vida que corre, a vida que não para quieta.

Que forma terei hoje para mamãe, eu perguntava para mim mesmo. Serei como sou, ou serei um caranguejo com pinças, ou uma planta falante? Serei como se estivesse dentro de um rato, de uma aranha, de um monstro? Ou um filho?

Havia uma mosca e mamãe me perguntou:

– Quem é essa mosca?

– Quem é quem? – perguntei, mesmo sabendo o que vinha pela frente.

– Essa mosca.

– Mamãe, é uma mosca. Moscas não são "quem".

– Como, não são quem? O que ela é, então?

– Sei lá. Uma mosca, só isso. Simplesmente uma mosca. Uma mosca que é.

– E você é o quê, ou é quem? – lançou ela.

– Eu não sou mosca – respondi.

– Não, claro. Você é lindo – afirmou ela, baixinho.

Mamãe murmurou mais um pouco, durante algum tempo. Que era isso mesmo, que ia morar num bairro novo. Que de vez em quando o homem vinha perturbá-la. Que aparecia para perturbá-la, mas que ela havia escolhido um quarto só para ela. E que fechava o quarto a chave.

– Mas o homem parece que atravessa as paredes. Não toca em mim. Mas anda por perto, sempre.

UMA ESCADA QUE PEDE DESCULPAS

Era uma sala grande e luminosa. Papai estava com uma camisa muito bonita e me agarrou pelo punho assim que me viu. Me segurava pelo punho com uma espécie de desespero surdo, como se fosse para não cair.

– Papai – eu disse a ele no sonho –, o que você está fazendo aqui, se você morreu?

– Não, Fito. O que você está fazendo aqui? Veio me visitar? Me leve para casa, Fito. No próximo Natal, eu é que quero ir.

– E mamãe? O que eu faço com a mamãe?

– Mamãe está tomando providências, Fito. Aqui por perto.

– Que providências?

– Fiz uma escada para ela poder subir. Toda vez que ela pisa num degrau, o degrau fala "perdão". "Perdão." Mas ela está cansada de caminhar perdoando, de subir perdoando. Estou com a sensação de que ela quer parar de perdoar.

Não falei nada, mas enquanto eu me afastava, papai gritou para mim:

– Acho que ela vai para outro lugar, um lugar onde não é obrigada a ficar me perdoando.

– E você está arrependido? – perguntei, virando a cabeça para trás.

– Eu não fui perdoado. Vivo no país dos não-perdoados. Aqui tem muito vento – me disse papai.

– Quem sabe um dia desses o vento para – gritei.

– Não se esqueça de me convidar para o Natal – disse ele de novo.

Era domingo e o sol lá fora continuava; luz na cozinha, torradas e doce de figo. Muitos doces, creme. Tortas. A mesa era uma festa; Vilma também estava contente. Domingo com mamãe. Vinte e seis de dezembro com mamãe e tudo estava dando certo, sem maiores complicações. Mamãe continuava sem vontade de jogar o fogo pela janela.

Vilma sugeriu:

– Vamos dar uma volta no bosque, ver o lago?

Mamãe, como se não tivesse escutado, disse:

– Você viu como o tal anda sempre por aqui? Perturba, sabe? Agora deu para me pedir perdão, perdão, perdão.

Eu fiquei com a xícara de café pendurada no ar. Mamãe continuou:

– Nem pense em convidá-lo para vir aqui. Se ele vier, eu não venho. E isso que eu o perdoei, hem?

– Você o perdoou? – perguntei.

– Perdoei, mas perdoar é ficar livre. Eu o perdoei e o deixei flutuando por aí. Agora ele é que vai precisar perdoar a si mesmo. E eu estou em outro lugar.

Nesse momento compreendi que mamãe era uma gênia em questões inclassificáveis, mas gênia mesmo assim.

Nem é preciso dizer que a Fê veio correndo quando comentei com ela por telefone que íamos dar uma volta no bosque. No bosque onde nós dois nos encontramos para valer, porque antes era como se nenhum dos dois existisse para o outro, nem para o bem, nem para o mal. Isso também é o cúmulo da liberdade: não existir.

Vilma vestia um *jeans* gasto, que nem a Fê. Mamãe, um vestido de verão, azul de bolinhas brancas. Eu não sei o que havia vestido, qualquer coisa. Estava de tênis, disso eu tenho certeza, porque queria poder me molhar no lago se tivesse vontade, de modo que calcei uns tênis velhos, de lona. Tênis pretos. No caminho compramos sorvete e uma garrafa de água mineral. Dois ou três cachorros começaram a latir, pretos e furiosos. Não sei para quem eles estavam latindo; borboletas. A rua estava cheia de borboletas.

Em alguns pontos, Buenos Aires parece uma cidade para seres gigantescos. A avenida Libertador, tão larga e vazia naquele domingo logo depois do Natal. O bosque interminável e do outro lado os trilhos intermináveis da estrada de ferro e mais adiante o rio interminável que afoga o horizonte, interminável. E aqui, em volta de nós, os edifícios cada vez mais altos.

Que sorte haver bosques.

As árvores são tremendas, são piores que velhas ranzinzas, pode acreditar. Eu sempre soube que as árvores eram bravas. Estão presas à terra, são prisioneiras porque sua natureza é feroz. Mas assim, imóveis, são incapazes de fazer mal e aprenderam a obedecer à natureza ou o que quer que seja que tenha poder sobre elas.

A TARDE FELIZ DO PORCO E DO BURRO

Uma vez, quando eu tinha seis anos e o mundo era perfeito, papai e mamãe me levaram até a granja do parque da Agronomia. Havia cabanas feitas com troncos onde vendiam mel de abelhas e dava para as pessoas fazerem seus lanches. Eu me perdi olhando os patos e os gansos num rio de mentirinha, um canal que na época me pareceu bem grande. Um porco, não mais alto que eu em meus seis anos, por alguma razão andava no meio das pessoas e pedia comida com olhos gulosos. Ficava o tempo todo farejando as mãos dos passantes e na maioria das vezes conseguia um biscoito ou um pedaço de alfajor. O porco comia de tudo. Depois passei um tempo enorme olhando os burros, que estavam misturados com os cavalos. Só que para mim os cavalos, com seu aspecto altivo, não são tão significativos; os burros, porém, são imperfeitos e belos;

têm uma resignação inteligente e não parecem odiar nem admirar os humanos. Simplesmente estão ali, sendo o que são: burros. O cavalo é sempre um animal triste, porque não quer ser cavalo, quer ser cavaleiro; esse é o segredo que explica a melancolia arrogante dos cavalos. Não venham me dizer que os cavalos são livres; talvez algum dia tenham sido. Quando eram selvagens de verdade, quando o homem ainda não havia chegado para montá-los. A partir daquele momento a alma do cavalo e a liberdade do cavalo passaram para seu cavaleiro. Os burros, por sua vez, aceitam-se a si mesmos. Dá para ficar junto com eles, eles não têm reclamações a fazer; não fizeram maiores concessões à humanidade. Nunca deixaram de ser esses animais simpáticos e um tanto excêntricos. O espírito deles também deve ser assim.

O porco pedinchão e os burros ficaram gravados em minha memória porque ali estava eu, numa tarde para sempre, com papai e mamãe. Quando a raiva me invade, penso que existe uma tarde que é um tesouro, um baú perdido na ilha do tempo, e que guarda o melhor da família que fomos. Talvez um viajante encontre esse tesouro e sinta uma emoção no peito que o informará do seguinte: "Esta foi a tarde feliz de Rodolfo e de seus pais, do porco mendigo e do burro filósofo".

Fico sabendo como é a relação de meus amigos com os pais quando eles me contam o que fizeram em seus tempos livres. Alguns só se fecham nos quartos deles para não ver ninguém; outros partilham os espaços da casa, vão e vêm. Em minha idade, é difícil algum deles sair para ir ao cinema com a família, acho que para eles não há nada mais detestável que um passeio com os pais.

Agora, porém, eu daria um dente para ir assistir a um filme com minha mãe. Sei que as pessoas gostam de chamar a atenção para o impossível quando, justamente, ele se tornou impossível. As Coisas Que Não Posso Mais Fazer são implacáveis. Não são más, são justas e impiedosas. Com elas, não tem volta.

E cachorros ladram, borboletas ladram.

Mamãe vai de braço com Vilma e Fê está feliz, ri e me olha a todo momento para se certificar de que estou ali e me dei conta de que estamos no centro de uma magia bem bonita.

Cinema não vai dar, mas estou andando com mamãe em Buenos Aires e em breve vamos entrar no bosque para procurar viscachas na ilhota selvagem que há no meio do lago grande.

A MEMÓRIA DOS CEGOS

Vilma passou o braço por cima dos ombros de mamãe e levou-a até o roseiral. Mamãe olhava tudo com certo desdém, como se já estivesse cansada de ver aquele tipo de coisa. O roseiral, porém, era uma glória; vagamente resolvi roubar uma rosa amarela para Fê, uma rosa roubada do roseiral; mas só uma. Há coisas que devem ser únicas, irrepetíveis. No fim, mamãe se entusiasmou com o desenho dos caminhos que percorriam o roseiral e desdenhou as rosas. Depois disse:

– Filha, me convide para sentar.

As duas se acomodaram num banco na frente do lago.

Fê e eu nos sentamos nas raízes nodosas de uma árvore doente, com grandes galhos inclinados sobre a água e tronco retorcido. Não havia patos. Talvez a Pulsação já tivesse dado cabo de todos eles. Mas eu e a Fê não falamos dos patos porque a Fê começou a cantar:

Y entre los libros de la buena memoria
se queda oyendo como un ciego frente al mar...[4]

– Que canção é essa? – perguntei.

– Você não conhece o Flaco?[5]

– Que *flaco*?

– O Spinetta, bobo. Essa é a vantagem de ter irmãos bem mais velhos! Ouço os discos deles. Essa melodia ele compôs quando estava com o grupo Invisible.

– Invisible?

– É. Escute:

Parada estoy aqui, esperándote
todo se oscureció
ya no se si el mar descansará.[6]

– Uau, adorei o Invisible – falei.

---

4   E entre os livros da boa memória/fica ouvindo, como um cego diante do mar. (N. T.)

5   *Flaco*: literalmente, magro. Na Argentina, apelido muito comum. No caso, do músico argentino Luis Alberto Spinetta, da banda Invisible, conhecida no país nos anos 1970. (N. T.)

6   Estou aqui parada, esperando você/tudo ficou escuro/já não sei se o mar vai descansar. (N. T.)

Os pássaros não se incomodaram conosco. Havia muita gente passeando por ali; também aquelas pessoas pareciam invisíveis. Sempre que estou com a Fê, todo o resto fica invisível, exceto, hoje à tarde, mamãe e Vilma, porque foi uma experiência sem precedentes.

– Você sabia que um dos meus irmãos é meio amigo do Spinetta?

– Sério?

– Sério. Mas para falar a verdade, faz tempo que eles não se veem. Houve um tempo em que os dois se encontravam todas as semanas na casa do Flaco. E conversavam, sei lá, sobre as constelações, sobre música...

– Espere, Fê, espere...

– O que foi?

– Você não está ouvindo um barulho estranho?

– Ouvindo? Não, Rô, não estou ouvindo nada!

Era um grito composto de sons metálicos. Não era cachorro nem sirene de viatura policial ou de ambulância. Não era uma voz. Eram ruídos. Metálicos, secos. Como o guincho de um robô. Como uma máquina com algum elemento animal.

– Não ouço nada, Rô... O que você está ouvindo?

– São... sei lá...

Então, com nitidez brutal, o grito dilacerante de mamãe rompeu a calma do lago, agitou as pérgulas, estourou de encontro aos plátanos e mergulhou em meu corpo até o osso do coração.

Vilma ficou congelada, sem reação, enquanto mamãe agitava os braços como se quisesse remar no espaço. Gritava aos borbotões, aspirando o grito anterior com o seguinte, cada grito devorava os ecos do outro; o corpo de mamãe parecia ter ficado dentro de um furacão, ela começou a correr, escorregou, afundou as mãos no gramado e, outra vez de pé, me apontou com o dedo. Pensei que fosse me insultar, me arremessar uma frase impregnada de veneno, mas ela só ficou ali, com o indicador apontado para mim.

Como um animal selvagem, com olhos de tigre, ela olhou em torno até dar com a Fê. Eu acompanhava a viagem de seu olhar e concentrei minha atenção na Fê. As pessoas já estavam começando a parar, a se aglomerar, mas para mim elas não passavam de feixes de névoa. O dedo de mamãe apontava para mim, seus olhos estavam ancorados na Fê e ali estávamos todos, quietos, num dique do tempo. Só mamãe sabia o roteiro, só mamãe podia escrever a frase seguinte, mas não.

Fê, suave, falou com ela:

– Ele é completamente diferente; não aponte para ele. Ele não vai repetir a história.

As peças de algum estranho quebra-cabeça caíram no lugar, porque mamãe relaxou. Vilma, rápida como um pássaro, foi para perto dela, acariciou sua cabeça, disse coisas meigas em seu ouvido. Eu também me aproximei de mamãe.

antes de gritar e me acusar com o dedo. Era isso o que Vilma conseguia me explicar.

– Você não é assim, você quebrou a fôrma, maninho, juro.

O que acontece é que não é verdade que a maioria dos filhos de pais espancadores costumam repetir a coisa com as namoradas e esposas depois de adultos.

Me deu vontade de ficar bravo, mas me segurei.

– Eu não bateria em ninguém, ninguém.

– Não fique zangado com mamãe; nunca vamos saber em que obsessões ela pensou. Tenho certeza de que ficou feliz ao ver você com a Fê e que gostou da Fê. Quis protegê-la e ao mesmo tempo quis proteger vocês dois. Proteger o amor que vocês têm um pelo outro.

– Está bem, está bem... Também não é para tanto – falei.

– Claro que é para tanto, garoto. Você está envolvido até a raiz dos cabelos, maninho – determinou Vilma, divertida, apertando uma das minhas orelhas. E acrescentou:

– O incrível foi como Federica entendeu na hora o que estava passando pela cabeça da mamãe quando ela apontou para você.

– A Fê foi até o fundo, direto e sem escala. Viu só? Ela é uma luz – afirmei, orgulhoso.

Depois Vilma ficou séria.

– Hoje me ligaram de novo para dizer que papai está vivo.

O GORDO SPINETTA

Chovia torrencialmente. É assim que chove quando a gente começa a se lembrar de um monte de coisas juntas. Era à tarde e falei pra Fê:

— Quero conhecer o Flaco.

— Tenho muitos discos dele lá em casa.

— Não, quero conhecer o cara, o Flaco. Ontem vi a capa de uma entrevista na *Rolling Stone*, ele está gordíssimo. Enorme.

— Sério?

— Completamente.

— Não acredito.

— O Flaco virou uma montanha de banha, com papadas triplas. Juro. O rosto dele mais parece os jardins suspensos da Babilônia.

— Parece o quê..?

Minutos depois estávamos todos sentados no mesmo banco, amontoados. As pessoas haviam se dispersado, já não prestavam atenção, assim como o sol evapora o orvalho. Só ficamos nós, ali.

– Um dia, um dia eu vou para lá... – disse mamãe.

E apontou o monumento ao cervo. Pensei que fosse outro desvario, mais inofensivo. Mas ela prosseguiu:

– Lá os cervos matam os caçadores... o que acontece... é que... depois eles se odeiam, não conseguem mais parar de se odiar.

Eu não queria perguntar nada. A frase era lenta, mamãe tornava a frase interminável com sua dicção trêmula, carregada de comprimidos. Mas conseguiu chegar ao fim:

– Se há uma coisa que o cervo odeia, é um caçador.

Então compreendi que de vez em quando mamãe podia ir para o céu, um céu de metáforas que, para ela, explicava sua vida.

Mamãe não foi covarde. Mamãe não foi covarde.

Mamãe era um cervo que não queria virar caçador, porque os cervos odeiam os caçadores.

NO MAIS

No mais foi voltar para casa e jantar juntos. Fê não desgrudou de nós até bem tarde, quando se lembrou que morava em outra casa. Fui andando com ela até lá. Sombras tranquilas na rua.

Perguntei-lhe outra vez como havia feito para acalmar mamãe.

– Não faço ideia.

– Valeu, sua gênia.

– Não sou gênia. Sou meio boba – respondeu ela.

– Você é suberboba – confirmei.

E paramos um momento numa esquina. Para nada. Só para ver como era flutuar, ou ser por um instante uma coisa que nem ela nem eu éramos, estar em países de línguas desconhecidas, visitar as crateras profundas da Lua, onde nem mesmo os astronautas sonham entrar.

Isso é que é vida, estar com a Fê. Às vezes sinto que a minha vida é um romance estranho, no qual nada parece ter uma explicação e tudo, ao mesmo tempo, é simples. Eu, por exemplo, faz tempo que me sinto um super-homem. Não consigo explicar por quê, não é que sinta que sou invulnerável ou que nada pode me afetar; ao contrário. É exatamente o oposto. O que ocorre é que tudo me cai mal, tudo me atinge e ao mesmo tempo sou capaz de conter essas coisas todas. Abri o que nem sequer sabia estar aberto ou fechado. Imagino que todas as pessoas sejam como eu. Super-homens. Embora ao ver o porteiro do edifício com sua barba crescida, seus gestos bruscos, seu tom de voz de poucos amigos, me vem à cabeça que aquele é um super-homem adormecido.

E o mesmo acontece com os homens de paletó e gravata que perambulam pelas ruas; e comigo quando não consigo acordar, mesmo estando acordado. Mas então ser um super--homem não é voar nem arrebentar paredes com socos nem erguer um trem com as mãos. A verdade é que ser super-homem não é questão de força. Bom, para ser claro: desde que estou com Federica, me sinto assim.

Vilma me explicou o que havia acontecido. Mas ninguém conseguiu me explicar os ruídos que eu havia escutado antes. Só fui capaz de imaginar que haviam sido os rangidos do espírito de mamãe, seu rumor de loucura, tudo o que ela ouviu

Acendi um incenso. Minha irmã adorava os incensos da Índia. Sândalo, mirra, sei lá que outros lances. Imaginei que o incenso ia criar um clima com a Fê, mas não deu certo. Quase vomitamos. Imaginei que era preciso ouvir o Spinetta com incenso, mas a verdade é que ouvi o Spinetta tossindo e com ânsias de vômito. Abrimos as janelas e passou um pássaro amarelo de asas pretas. Gostei. Ele parecia assustado com a tempestade, procurava um abrigo, uma árvore, mas devia ser um pássaro meio bobo ou muito rejeitado pelos outros pássaros. Eu nunca soube de um pássaro que não conseguisse encontrar uma árvore, mas depois fiquei com pena. Fiquei olhando ele se afastar (e até molhei o nariz com as gotas da chuva), tão vulnerável. Por acaso ele não tinha o direito de ser bobo? Por que será que pega tão mal o cara ser bobo? Ou será que era um pássaro sensível demais e por isso marginalizado? Com certeza tinha problemas de adaptação à vida. Acho que para estar na vida é preciso ter noções de eficiência, de estratégia e de teoria bélica. E aquele passarinho não devia ter a menor ideia dessas coisas, ele era puramente penas.

Fomos falar com o irmão da Fê, o amigo do Spinetta. O nome dele é Agustín, mas todo mundo o chama de Viga. Talvez por ser grandão, alto, reforçado. Sempre parece um pouco sujo, é um estilo. Usa tênis All Star pretos super. Com os cachos desarrumados mais o branco dos cabelos grisalhos tem um jeito de *hippie* velho, desleixado, esfarrapado. Agustín trabalha como técnico de som de bandas de *rock*, e todas as vezes em que o vi, parecia meio desligado. Esquisito. No fundo, acho que ele odeia seu trabalho ou odeia as bandas ou sei lá o quê. Ou vai ver que é porque faz como adulto o mesmo trabalho que fazia na juventude e isso o irrita, sei lá. No entanto quando se abre um pouco é gente boa. Tranquilo. Nunca tem pressa de terminar uma frase, não é como a Fê e eu, que atropelamos as palavras quando falamos, misturamos as conversas. Bom, como todos os garotos da escola; a escola, nos recreios, é uma massa de vozes sobrepostas. Tudo, menos o silêncio: isso é a escola, para mim.

– Onde mora o Flaco Spinetta? Porque ele está tão gordo? Está deprimido? Morreu? Que significa "já se veem os tigres na chuva"? Que significa "o vento amorna sonhos ao arquejar"...?[7]

– Chegaaaaaaa! – disse Agustín. – Se vocês querem que eu conte alguma coisa, precisam me deixar falar – acrescentou.

O Viga não estava com a menor pressa. Fazia muitos silêncios entre uma palavra e outra, como se as palavras tivessem pontes partidas entre si. Ou acidentes naturais, sei lá. Dizia "A casa...", silêncio, "está... quer dizer... não dá para...", silêncio longuíssimo.

A questão é que, depois de várias horas conversando com Agustín, ficamos sabendo que o Flaco Spinetta nunca havia engordado. Que a capa da revista era outro dos caprichos

---

7   Trechos de letras de músicas de Spinetta. (N. T.)

geniais do Flaco, que só aceitara dar a entrevista se fosse autorizado a utilizar aquelas fotos dele que ele próprio mandara tirar e que depois deformara por computador para se ver disforme de gordo daquele jeito, com papadas penduradas.

– Ele é doido! – exclamei, surpreso.

– É um gênio – disse Viga.

Ninguém estava autorizado a definir o Flaco para o Viga: só ele podia definir o Flaco.

E nos pregou um sermão sobre a privacidade. Disse que o Flaco não dava entrevistas, que não queria ver nem um fio de cabelo de fã por perto; que era um sujeito normal; que morava na casa dele para fazer desenhos de automóveis, para escrever, para compor sua música. Que cozinhava para os filhos, que era um bom pai. Que vivia sozinho, mas que estava o tempo todo com a família e que se dava superbem com a ex-esposa.

Não sei como ele fez para não nos dar o endereço, porque quase acabamos com ele.

– Não posso dar o endereço dele pra vocês. Se eu der, vocês vão dar para seus melhores amigos, seus melhores amigos vão dar para os melhores amigos deles e assim, em pouco tempo, todo mundo vai saber onde ele mora.

Só conseguimos arrancar um dado. Um bairro enorme, de ruas largas e muitas casas grandes.

– E por que vocês querem conhecer o Flaco? – perguntou o Viga. E me olhou nos olhos.

– Por causa de uma frase – eu disse. – Por causa de muitas frases. Por causa das canções – e comecei a cantar, mal murmurando:

Y además
dale gracias al ángel
por crecer y por luchar
cerca del bien que gozaste.
Y además
dale gracias al ángel
dale gracias por estar cerca de ti.
Es inútil que pretendas brillar con tu historia personal.
Recuerda que, un guerrero no detiene jamás su marcha. [8]

O Viga me disse, de olhos brilhantes:

– Cara, agora você me pegou. Você é um guerreiro de Jade!

Fê ajeitou os óculos e estendeu a mão, com um lápis e um papel, segura de sua vitória, aproveitando o momento de emoção:

– O endereço: se você não pode dizer qual é, então escreva.

E o Viga, vencido, escreveu.

---

8   E além disso/agradece ao anjo/por crescer e por lutar/perto do bem que gozaste./E além disso/agradece ao anjo/agradece a ele por estar perto de ti./É inútil que pretendas brilhar com tua história pessoal./Lembra que um guerreiro nunca detém seus passos. (N.T.)

O CÉU FAZ BEM

Eram os menores olhos do mundo.

Ninguém podia ter aqueles olhos tão pequenos, só ele; que nos olhava com uma mistura de espanto e desconcerto; e um pouquinho de curiosidade.

O Flaco olhava para nós e era mesmo muito magro. Luis. Luis Alberto. Luis Alberto Spinetta. O capitão Beto. O Flaco. Vestia uma capa amarela para se proteger da chuva e estivera correndo, suponho que para fugir dessa mesma chuva. Era um tigrezinho debaixo d'água.

Fê e eu havíamos chegado ao casarão indicado, conforme o que estava anotado na caligrafia irregular do Viga. E enquanto discutíamos o que fazer, se tocávamos a campainha ou esperávamos, se íamos embora e voltávamos outro dia, se montávamos guarda discretamente na esperança de simular um encontro casual na rua, enquanto discutíamos tudo isso ao mesmo tempo, um duende amarelo, úmido, de olhos mínimos, apareceu na nossa frente como uma bala e ficou nos olhando perplexo, imóvel, tentando acalmar sabe lá que agitação.

Eu e Fê logo entendemos: havíamos encontrado o Flaco.

Puxei os farrapos do meu documento de identidade e falei do jeito que pude:

– Flaco... por favor, assine aqui!

Olhos Minúsculos, Luis, Flaco, Prócer, Poeta, Gênio, Tigrinho da Chuva disse que não com um gesto. Depois falou:

– Cara, não posso pôr uma assinatura aí, cara... esse é um documento legal.

– Não faz mal. De todo jeito vou precisar fazer uma declaração de perda, está todo rasgado... O Fito [9] já assinou!

– O Fito? Como ele foi fazer uma coisa dessas? Nossa, é irreparável!

Depois pegou meu RG e rabiscou umas palavras felizes:

Mira el cielo, que hace bien.
Que sólo hace bien. [10]

Federica não pediu autógrafo, estava zero nervosa. Simplesmente falou uma coisa quase no ouvido dele e o Flaco

---

9 Fito Páez, famoso cantor e músico argentino. (N. T.)
10 Olha o céu, que faz bem./Que só faz bem.
    Trecho da canção "Cine de atrás", de Luis Alberto Spinetta. (N. T.)

sorriu. Jogou um beijinho rápido só para ela e, já quase correndo, cumprimentou, como se tivesse de entrar num palco:

– Tchau, gente! Obrigado!

Fiquei plantado no meio da rua, meio abobado. Com o documento na mão e uma necessidade de estar em outro lugar, de ir embora depressa para outro lugar.

Fê e eu começamos a andar, comentando nosso encontro histórico com a glória do *rock*. Velha e tímida glória de olhos pequenos.

Então senti um alarme tocar em algum ponto do meu corpo, mas um alarme... do quê? Até que alguma coisa desmoronou. Terrível. Em bloco.

E senti a dor que me dobrou ao meio. Coisa de um microssegundo, tão rápida que não consegui articular uma defesa. Sei que a Fê estava me fazendo perguntas e que o mundo girava; sei que fui aspirado por um redemoinho que me sugou para seu centro até que fiquei no olho do furacão, cercado de tempestades, olhando para um ninho de calma aterradora. De novo o ar se enchera de morcegos ou algo assim, animais sedentos para atacar meu pescoço e beber, morder minhas unhas, machucar-me para além da pele e dos ossos.

Então, no meio daquilo tudo, alguém abriu caminho em meio às ventanias e ao desastre, um braço suave e firme, um braço que me dava apoio naquele lugar onde eu estava para que os ventos furiosos não me carregassem.

A chuva caía sobre meu rosto, dava para sentir. A água molha, até um morto é capaz de saber disso. Senti que minhas pernas haviam apodrecido, que alguma criatura horrorosa me inoculara um veneno azul e mortífero, e a morte ia tomando meu corpo, subindo por minhas pernas. Sim, eram as minhas pernas; elas estavam inchadas, cobertas de cicatrizes que se abriam, que pulsavam em busca de alguma coisa que estava fora, uma coisa remota, uma coisa que minhas pernas não conseguiam alcançar.

– Uma ambulância! Depressa!

– Rô, meu amor, o que está acontecendo? Por favor!

– Ele estava com aquela mocinha.

– Deve estar drogado, sabe lá o que ele tomou.

– Está respirando? Tem pulso?

– Todo o corpo dele está palpitando, claro que tem pulso.

– Vai rebentar: bate, bate, bate.

– Rô, você não vai morrer. Fique calmo. A ambulância já está chegando.

BATE, BATE, BATE, DENTES DE RATO

É só quando eu estou lendo que o tempo não passa. É só quando eu ouço música que o tempo não passa. É só quando eu estou vivo, mas bem vivo, que o tempo não passa. É só quando eu me esqueço do tempo que o tempo não passa.

A voz ainda não tinha corpo nem garganta nem nada.

- Você escutou o que eu falei? - dizia a voz.

É só quando eu estou com você que o tempo não existe.

Será possível uma pessoa se cansar de viver? Não seria melhor dormir oito horas e depois pensar de novo no assunto? Às vezes não é que a gente esteja cansado da vida. Está só cansado do dia, de alguns dias difíceis.

Sim, Federica. Você é tudo; mas seu corpo de certa forma é um esconderijo; e não posso viver de esconderijo em esconderijo. Ou será que posso? Ou somos cervos?

Minha única alternativa é viver.

Temos de viver, só isso.

Viver.

Por que me envergonho de haver duas tragédias em minha vida? Como posso sentir vergonha de uma coisa que não tenho o poder de controlar? Por que o remorso é tão absoluto que se imagina capaz de tanta culpa? Eu não matei meu pai, eu não fiz papai ser o que foi; eu não sou a loucura de mamãe nem os motores do Concorde que resolveram se calar. Ainda está chovendo? Algum dia essa chuva vai parar? Agora que lá fora está chovendo, será que a única pessoa que eu quero que pense em mim está pensando em mim?

Por que no fim das contas é tudo tão simples?

Por que, no fim, o amor é a única resposta que nos deixam na boca?

— Rô... Rô... Li um montão de histórias para você enquanto você estava dormindo. Você ouviu? Faz um tempão que você estava dormindo, meu belo bobo adormecido.

Vilma andava por corredores perdidos, preenchendo papéis, falando com médicos, contou Federica.

— Ela cuida dos trâmites e eu conto histórias para você.

Não morri.

O diagnóstico de uma doença terrível sobrevoou minhas pálpebras, dentes de rato mordiam as sombras, seus dentes incisivos suados tremiam. Como é possível o mundo desmoronar num instante, como alguém pode cortar o fio da vida quase sem sentir nada e passar de um estado a outro, de um mundo a sabe-lá-o-quê. Já não tenho confiança em minha saúde. Sou um cervo. Sou uma possível presa. Fora, alguém quer me devorar.

Então já não consigo interromper minha marcha. Sou um cervo; mas um cervo guerreiro.

OUTRO GAROTO PERDIDO DO *ROCK*

Este quarto, hoje, é branco e frio, e a lembrança do meu quarto no hospital é fria; as nuvens lá no alto são brancas e frias. O corredor, gelado. As cortinas, brancas e frias. Perdi o gosto de estar vivo. Mais do mesmo, só que mais intenso. Não, eu não diria que é depressão, não sou depressivo, só estou morto, e os mortos não têm estado anímico. Um morto é esquecer-se da sorte; os mortos não estão minimamente interessados na sorte. Nada é bom e nada é ruim. Devemos ter medo da morte? Eu estou fazendo amizade com ela, porque poderia deixar-me amar; poderia deixar-me amar e fim de papo.

Talvez alguém, uma pessoa pense em mim por muito tempo, por anos a fio, pense se está chovendo sobre minha sepultura do jeito que está chovendo agora, enquanto escrevo, se está chovendo pela primeira vez sobre minha sepultura.

Alguém terá vontade de olhar a grama que cerca minha lápide. Porque isso tudo não é desse jeito, isso tudo é poesia e eu sofro simplesmente de morte temporal, nunca definitiva; suponho que seja um teste, um simulacro. Entro num estado de hibernação emocional, como as tartarugas, suponho. Que estranhas são as tartarugas. E também os ornitorrincos.

Há.

Cada bicho esquisito neste mundo.

Ah.

Estou com muita vontade de chorar. Penso numa casa solitária no meio do campo, uma casa de paredes amarelas, de muros brancos circundando um jardim malcuidado; penso numa lua avermelhada e penso nessa luz banhando o óxido marciano das chapas do telhado. As chapas tristes da minha casa campestre. Penso numa luz surda, nos sussurros de um grilo intimidado por todos os silêncios que o rodeiam. Tenho muita pena, senhor, Senhor De Todos Os Céus que não permite que os pássaros caiam e só um ou outro avião de vez em quando. Muito medo também. Medo, tenho muito.

Embora, às vezes, me pareça que não, mas algum medo da morte eu devo ter, porque não gosto de não estar mais aqui, de não sentir mais fome e de parar de comer; não gosto de esquecer de rir e a morte é esquecer-se de tudo e ser esquecido por todos. Porque quem vai se lembrar da gente, quem sabe uma irmã, uma namorada, uma mãe louca, quem mais vai se lembrar. E mesmo que o estádio do River Plate lotado se lembrasse, por quanto tempo se lembraria. E mesmo que se lembrasse por muito tempo, de que vale ser lembrado. Não estou nem aí se sou lembrado, se não sei o que vai ser de mim, se só sei ser quem sou, e quem sabe o que serei quando venha a morte: com o tempo serei a terra, a água, serei os minerais que impregnam as rochas, e não terei memória alguma. E se ainda restasse de mim o sabor de uma consciência, o que será, mesmo assim, de mim.

O terrível é essa loucura de Universo; parece tão grande, mas muito maior é tudo o que não é o Universo.

A vida parece tão grande, mas muito maior é tudo o que não é vida, os milhões de anos em que não vivemos e em que nunca viveremos. Pode ser possível? É real estar vivo ou morto?

Ai, estou com medo e quero que me abracem até arrebentar; preciso que uma amiga me sufoque com suas mãos de amiga, preciso de A. Preciso de A de Amor.

Sinto que esta gota de chuva é diferente das outras, fez um barulho diferente ao cair. Essa gota deixou um som oco na chapa e sua mensagem se dissemina como um vazio entre as outras, é uma mensagem diferente. E eu não consigo entendê-la, não sei penetrar na linguagem dessa gota. Mas sei que a chuva, sei que essa gota, fala para mim, e eu não a entendo. Se

Alguém terá vontade de olhar a grama que cerca minha lápide. Porque isso tudo não é desse jeito, isso tudo é poesia e eu sofro simplesmente de morte temporal, nunca definitiva; suponho que seja um teste, um simulacro. Entro num estado de hibernação emocional, como as tartarugas, suponho. Que estranhas são as tartarugas. E também os ornitorrincos.

Há.

Cada bicho esquisito neste mundo.

Ah.

Estou com muita vontade de chorar. Penso numa casa solitária no meio do campo, uma casa de paredes amarelas, de muros brancos circundando um jardim malcuidado; penso numa lua avermelhada e penso nessa luz banhando o óxido marciano das chapas do telhado. As chapas tristes da minha casa campestre. Penso numa luz surda, nos sussurros de um grilo intimidado por todos os silêncios que o rodeiam. Tenho muita pena, senhor, Senhor De Todos Os Céus que não permite que os pássaros caiam e só um ou outro avião de vez em quando. Muito medo também. Medo, tenho muito.

Embora, às vezes, me pareça que não, mas algum medo da morte eu devo ter, porque não gosto de não estar mais aqui, de não sentir mais fome e de parar de comer; não gosto de esquecer de rir e a morte é esquecer-se de tudo e ser esquecido por todos. Porque quem vai se lembrar da gente, quem sabe uma irmã, uma namorada, uma mãe louca, quem mais vai se lembrar. E mesmo que o estádio do River Plate lotado se lembrasse, por quanto tempo se lembraria. E mesmo que se lembrasse por muito tempo, de que vale ser lembrado. Não estou nem aí se sou lembrado, se não sei o que vai ser de mim, se só sei ser quem sou, e quem sabe o que serei quando venha a morte: com o tempo serei a terra, a água, serei os minerais que impregnam as rochas, e não terei memória alguma. E se ainda restasse de mim o sabor de uma consciência, o que será, mesmo assim, de mim.

O terrível é essa loucura de Universo; parece tão grande, mas muito maior é tudo o que não é o Universo.

A vida parece tão grande, mas muito maior é tudo o que não é vida, os milhões de anos em que não vivemos e em que nunca viveremos. Pode ser possível? É real estar vivo ou morto?

Ai, estou com medo e quero que me abracem até arrebentar; preciso que uma amiga me sufoque com suas mãos de amiga, preciso de A. Preciso de A de Amor.

Sinto que esta gota de chuva é diferente das outras, fez um barulho diferente ao cair. Essa gota deixou um som oco na chapa e sua mensagem se dissemina como um vazio entre as outras, é uma mensagem diferente. E eu não consigo entendê--la, não sei penetrar na linguagem dessa gota. Mas sei que a chuva, sei que essa gota, fala para mim, e eu não a entendo. Se pelo menos pudesse ser um tolo perfeito e não esse tolo imperfeito que sou agora.

Agora que ando como uma jaqueta sem corpo pela casa, como roupa minha sem mim, procurando os sapatos que os vivos calçam. Se alguém pudesse me dizer de que serve calçar sapatos. Ai, já sei. Se calçar os sapatos serve para chegar a um amigo, vou calçar os sapatos.

Se calçar os sapatos serve para andar até o local onde estão os pés de Federica, vou calçar os sapatos. Poderia pôr um chapéu, qualquer coisa. Chove, e essa gota continua falando para mim. Perdi meu centro, partes de mim circulam fora do universo, sopram no vazio que não é vazio. Não sei o que pode haver fora do lugar onde as coisas não estão.

Às vezes me dá vontade de me entregar de vez. À depressão, à loucura, à morte; o tigre que me morda e leve aos pedaços de uma vez. Ou de me transformar em outro garoto perdido do *rock*, num autômato da rebelião, mais um, com seus tênis Nike e o mp4, e o que virá.

Continua chovendo e essa gota cai pela primeira vez sobre minha sepultura e a tempestade imensa avança sobre todas as coisas e está cheio de vozes que falam e que falam comigo e eu queria calar todas as vozes menos uma. Uma voz, para dizer: ouvi você. Ouvi você, só você, voz.

PARTE DE NÓS

Está bem. Arrio minha bandeira. Não estou morto, não quero fingir que estou vivo e entre os escombros nada desmoronou de verdade, a casa não caiu. Pelas galerias passa um ar fresco, como se uma parte do inverno ainda resistisse, a casa é um tanque de ar e Vilma e eu somos dois peixes que o percorrem de um lado para o outro.

Uma parte do inverno ainda resiste e eu estou melhor.

Vilma não consegue entender o que aconteceu comigo. Sabe que não tomei drogas, que não comi um quilo de chocolate de uma vez só, que não tomei dez litros de cerveja. Sua conclusão é que eu estava mal alimentado, por isso resolveu dar uma passada no supermercado. Muita carne vermelha no congelador, queijos, tomates, arroz integral, lentilhas, ovos, massa.

– Quem vai preparar isso tudo? – perguntei.

À medida que os dias foram passando, o hábito de comprar comida pronta se impôs. Mas numa noite de sábado Fê e eu resolvemos fazer um grande jantar: carne assada ao forno com batatas e cebolas, pimentões e alhos, salsinha e manjericão, com tudo o que fomos encontrando. Colombo descobriu um mundo novo quando foi em busca de especiarias, uma epopeia dessa envergadura merecia uma homenagem. De modo que a travessa foi coroada com orégano, pimenta, folhas de louro, e pós amarelos comestíveis, e pós alaranjados (certamente comestíveis), e sal sem sódio, e sal comum. Um pouco de vinho tinto para a carne.

A carne ficou crua, mas em compensação as cebolas ficaram queimadas.

De repente, Fê fez cara séria.

Pensei que ela havia mordido um grão de pimenta. Mas não. Ela havia sido mordida por um pensamento.

– Sabe de uma coisa, Rô? Tem uma coisa que está martelando a minha cabeça. Por que foi que não vi, não ouvi ela chegar?

– Ela quem?

Mas eu já sabia. Não foi nenhuma surpresa quando a Fê respondeu:

– A Pulsação. Supõe-se que quando alguém está em perigo, ela aparece.

Ficamos em silêncio. Depois opinei:

– Já faz um bom tempo que eu também não sei o que você pensa. Quer dizer: que não estou seguro quanto ao que você pensa. Antes era fácil.

Fê deu umas palmadinhas em meu ombro.

– Será que estamos perdendo nossos superpoderes?

Era uma brincadeira, só que bem parecida com a verdade. Fê e eu estávamos menos lunáticos e mais terrestres. O ar, o céu, as árvores, as fachadas dos edifícios, as entradas das casas e as escadas do metrô, tudo estava carregado de mensagens, de imagens secretas, qualquer lugar da cidade, da Terra.

E agora esses sinais haviam deixado de ser visíveis para nós.

– Será que estamos virando adultos? – sussurrou Fê.

– Acho que não.

Uma chicotada de inspiração invadiu minha mente:

– Acho que tudo isso não está mais do lado de fora. Acho que a gente não está vendo porque agora faz parte de nós. A Pulsação está dentro de mim. Seus pensamentos. Dentro de mim.

VOO FINAL

Encontrei isto na internet:

omundoemdia.com

|Sociedade |

O CONCORDE: DO CÉU PARA O MUSEU

O avião supersônico voou hoje pela última vez de Nova York para Londres. Não era sustentável mantê-lo no ar. Agora será peça de museu.

Já é história: o Concorde se aposentou. O emblemático avião franco-inglês nunca se recompôs da tragédia de 25 de julho de 2000, quando uma aeronave da Air France caiu em Paris, causando a morte de 113 pessoas.

O superssônico Concorde, de magnífico *design* futurista, voou hoje pela última vez de Nova York para Londres, e seu próximo destino é transformar-se em peça de museu. O avião da BRITISH AIRWAYS (BA), voo BA002, decolou de Nova York aproximadamente às 8h30, hora local, com cem convidados a bordo, muitos dos quais personagens destacados, como a modelo norte-americana Christie Brinkley e a atriz Joan Collins, e aterrissou no aeroporto Heathrow, de Londres quase quatro horas depois. O capitão Mike Bannister, de 54 anos e 27 de serviço, anunciou aos passageiros que subiriam "até o limite do espaço onde poderão ver a curvatura da Terra".

O Concorde iniciou seus voos para Washington em 1976 e para Nova York em 1977, sete anos depois do primeiro trajeto de experiência, tendo sido removido o veto das autoridades norte-americanas, que não permitiam a entrada do aparelho em seus aeroportos argumentando ser ele excessivamente barulhento.

A Air France e a British Airways, as duas operadoras, anunciaram no último 10 de abril o fim da exploração comercial do Concorde. Os altos custos de manutenção e o decréscimo repentino do número de passageiros devido ao acidente determinaram essa decisão.

No dia 31 de maio, a Air France realizou o último trajeto para o território norte-americano, e hoje foi a vez da companhia britânica. Todos os aparelhos serão exibidos em museus, tanto na França como na Inglaterra, países que desenvolveram em conjunto a majestosa joia mecânica: "Terão aposentadorias adequadas, mas os locais exatos ainda não estão definidos", disse um porta-voz da BA. O avião tinha capacidade para transportar 92 passageiros a 2300 km/h, e realizou seu voo inaugural no dia 2 de março de 1969.

A IRA DA FÊ

Hoje a Fê se transformou na Outra Fê.

Tudo começou quando Vilma telefonou para mim do trabalho, estava furiosa e chorando ao mesmo tempo. Haviam dito de novo a ela que papai estava vivo. Por telefone. Uma vez, duas vezes, três vezes. Até que ela parou de contar.

— Como quando você era bebê e chorava de noite. Parei de contar. Toda hora você me acordava. Bom, não sei por que me lembrei disso. Me dava pena ver você chorando, me dava pena que mamãe tivesse que se levantar e também me dava raiva porque eu acordava e não conseguia mais dormir.

Coitada da Vilma.

— Vou fazer a denúncia. Vão ter que descobrir quem é ele. Ou ela...

— É homem ou mulher? Estou confuso.

– Não sei, porque às vezes parece um homem, às vezes uma mulher.

Fiquei mal, e Fê me perguntou o que eu tinha, um pouco depois, quando passei pela casa dela.

Nem eu consigo acreditar na minha própria imbecilidade:

– Nada – respondi.

E assim diversas vezes, até que ela explodiu. A primeira vez que enfrentei sua fúria eu havia ficado surpreso, mas aquilo não era nada comparado com agora. Aquilo era uma raivinha, isto era uma explosão: dinamite pura. Meu Deus. Ela gritou tanto comigo que a mãe dela foi obrigada a pedir para ela parar de gritar, o que estava acontecendo. A vergonha que eu senti, meu Deus.

Quando finalmente consegui articular uma frase, fiz uma referência a papai, a alguém que estava telefonando para a Vilma, mas ela não me escutou.

Tarde demais para acalmá-la. Fê havia se transformado numa força descontrolada, na personificação da ira.

Me disse coisas que me pareceram horríveis, inexplicáveis.

Que eu era egoísta, que não sabia ouvir. Que só pensava em meus assuntos e ponto final.

– Você vai apodrecer por dentro – vaticinou.

E foi em frente:

– Você é puro ego. Um egocêntrico.

Isso para não falar nos palavrões.

– Você é uma mentira, Rodolfito.

Nesse ponto, talvez ela tivesse razão. Eu não me sinto de verdade. Vejo tudo o que consigo ver e sei que está faltando alguma coisa no que vejo, falta algo verdadeiro, algo real. Não sei por que é sempre assim. Às vezes me dá vontade de tirar a roupa, a pele do mundo, de ver só o puro músculo, o nervo do mundo e não toda a mentira que o recobre. Ou será que sou eu? Eu, a mentira do mundo.

As coisas ruins vêm juntas. Fê lançou seu último grito:

– Não venha atrás de mim!

E saiu de casa, de sua própria casa, e me deixou para que a mãe ficasse com pena. Não levei nem dois segundos para sair também.

Sentia uma angústia dura, um sol de aço na garganta, aquela estúpida solidão incurável que eu achava que estava curada e não estava; Fê havia sido um alívio passageiro e, agora que ela não estava ao meu lado, eu descobria mais uma vez que não tinha remédio, não tinha remédio. Vi um garoto da minha idade entrar numa bela casa grande, antiga, com lajotões coloniais no pátio e jardineiras com flores. Ao passar pela porta aspirei um perfume cheio de mãe, de família. Cheiro de cera, sei lá. Então a vida não era uma doença sem remédio.

Ah, senti inveja daquele garoto-da-minha-idade-desconhecido.

Tomei uma decisão: visitar mamãe. Às vezes é assim, às vezes fico com vontade de visitá-la, mas nunca como desta vez. Mamãe. Vou até aí. Me espere, não se evapore, não afunde na terra, não importa que você esteja rematadamente demente. Preciso de você.

Corri até o hospital, fazia muito calor e comecei a transpirar, empapei a camisa inteira. Sentia que precisava ver mamãe naquele mesmo instante, como se o mundo estivesse a ponto de acabar. Colidi com um cachorro magro, que dormia embaixo de sacos de lixo abertos; o cachorro dormia e uma nuvem de moscas zumbia sobre o lixo que, certamente, o mesmo cachorro havia removido em busca de um almoço decente. O cachorro se assustou tanto quando tropecei nele que me mostrou os dentes com as orelhas para trás, mas imediatamente, quando nossos olhares se cruzaram, o animal se acalmou, parou de rosnar, balançou o rabo para mim e acho que por pouco não me convida para provar seu osso.

Eu estava necessitado de um pouco de neurolinguística para não deixar os cachorros com pena, sério, por Deus.

VISITA INESPERADA

Passei pela portaria sem que ninguém me perguntasse quem eu era e quem estava indo visitar. Suponho que já me conheçam: bastou eu fazer um movimento de cabeça para a cabeça de óculos escuros que olhava o mundo de trás de uma cabine vidrada.

Segui por um caminho desigual, de pedras, um pouco esburacado devido às pedras que faltavam. Me ocorreu que algum louco poderia começar uma guerra de pedradas e matar mamãe, me ocorreu que talvez tivesse acontecido exatamente isso, e pensei na possibilidade de que meus pensamentos fossem um pressentimento. No final do caminho havia uns degraus que pareciam feitos para gigantes; se bem que tudo o que me cercava era descomunal: o parque, os eucaliptos de vinte metros de altura, os pavilhões identificados por cores diferentes. Eu estava quase entrando no pavilhão verde descascado quando alguém gritou para mim, do lado de dentro:

– Não estamos em horário de visitas!

Era uma voz possante, feminina.

– Preciso falar com a minha mãe!

Ouvi um riso apagado.

– Aqui há muitas mães, garoto. Quem é sua mãe?

Completei os três degraus que faltavam e pude ver a mulher. Estava com o uniforme das empregadas de limpeza, um vestido verde-maçã.

– Júlia. Júlia Lara.

– Ah!... A Julita?! Você é o Rodolfito? Mas olha só como você cresceu! Então, você está com sorte, Julita está sentada no parque, ao lado da falsa-seringueira mais alta, daquele lado do pavilhão.

– Obrigado, senhora.

– Você está com sorte, garoto. Se precisar de alguma outra coisa, já sabe onde me encontrar.

De repente, tive a impressão de que uma ideia inesperada surgira na cabeça dela. Balançou o cabelo comprido e castanho, soltou-o da tiara e voltou a prendê-lo, tudo sem parar de olhar para mim. Seu sorriso abria portas misteriosas, toda a atmosfera ficou carregada de eletricidade.

– Você está precisando de alguma outra coisa... agora?

Na sua voz havia algo que parecia de seda. Sorria. Seus olhos brilharam, vivos. Fazia apenas um ou dois dias que havia deixado de ser jovem; era uma mulher forte e atraente. Fiquei sem saber o que fazer com sua simpatia.

– Não, não, não sei... não preciso... Obrigado!

E fui correndo ao encontro de mamãe.

O perfume das alcanforeiras, das ceibas de tronco inchado e disforme, um jacarandá de folhas doentias e o calor da tarde, o calor e minha ansiedade.

No fim avistei a falsa-seringueira com suas raízes retorcidas surgindo da terra, o banco de madeira e mamãe de costas. Devia ser mamãe. Júlia, Julita Lara. Não havia nenhuma outra pessoa, não havia mais ninguém. Tive a ideia ridícula de que aquele pavilhão inteiro era para mamãe, que em cada pavilhão havia uma paciente e mais nada. Mamãe talvez fosse a louca do pavilhão verde descascado, outra louca seria a do pavilhão azul avariado e assim por diante.

Resolvi me aproximar devagar. Surpreendê-la, ver qual gesto brotaria de seu semblante ao me ver chegar inesperadamente, sem tempo para preparativos.

Ela estava com um rádio encostado no ouvido.

Não, não era um rádio.

Um celular? Sim, um celular pequeno, preto. Estava falando com alguém. Eu não sabia que ela utilizava celular.

– Senhorita Vilma?

Fiquei atrás dela, mudo, só para escutar. Mamãe estava fazendo umas vozes esquisitas. A voz de uma mulher imitando um homem:

– Seu pai está vivo, senhorita. Vai voltar. Tome cuidado com ele. A senhora precisa tomar muito cuidado. Rodolfo também. Ele voltou.

Não aguentei mais, não queria ouvir mais nada.

– Mamãe! O que você está fazendo?

Ela levou um susto tão grande que largou o celular e ficou de pé num salto. Peguei o aparelho e falei:

– Vilma, sou eu. Vim visitar mamãe e... Olhe, é ela. Não chame a polícia.

Desliguei.

– Filho! É você, meu amor!

Baixou os olhos e acrescentou, num murmúrio, enquanto tornava a sentar-se:

– Preciso avisar vocês... Preciso tomar conta de vocês...

Eu disse a ela que sonhava muito com papai. Que se havia uma coisa que papai já não podia fazer conosco era machucar-nos. Que ela havia sofrido com ele enquanto ele estava vivo, agora não mais.

Senti que no fim muitas palavras me ocorriam. Por um segundo a loucura de mamãe me assustara, mas a mulher perto dos degraus havia me assustado muito mais, com aquele mistério nebuloso que eu não compreendia.

O céu estava cheio de nuvens de verão que se afastavam depressa, empurradas por um sopro fresco e celestial que não chegava ao parque. Mas estávamos na sombra, sentados. Foi o dia em que deixei de acreditar em fantasmas, em que entendi que o mundo real era simplesmente o mundo, o único mundo possível. Que existe um mundo, que é este mundo. O mundo onde respiramos e comemos. O mundo onde completei quinze anos e daqui a alguns meses completarei dezesseis. O mundo de Federica e de mamãe, e de Vilma; dos loucos e dos sãos, da escola e do dia do piquenique da entrada da primavera. O mundo das canções do Flaco Spinetta e da velha juventude do Viga, irritado com a própria maturidade.

Papai já não fazia parte desse mundo. Papi estava somente no único outro mundo possível, que era abstrato, que era individual, privado: nas lembranças de sua família, de seus amigos, de seus colegas de trabalho, de suas... namoradas, quem sabe.

— Coitado do papai — disse mamãe de repente.

— Por quê?

— Nunca conseguiu pedir perdão. Pensar que uma vez eu disse a ele, no meio de uma briga: "Um dia você vai se arrepender!". E sabe o que ele me respondeu?

— Nem imagino.

— Que há muito tempo para pedir perdão. E não há! O avião dele caiu. Caiu no tempo.

Depois olhou para mim com olhos já lúcidos:

– Fazer o quê! Ele que se vire!

E ficamos os dois em silêncio. Mamãe interrompeu o nada para pedir desculpas:

– Eu? Eu estava telefonando para a Vilma? Ai, filho, peça a ela que me desculpe!

– Mas então... você se dá conta de que...?

– Sim, Rodolfo, agora estou lúcida. Não vamos fazer de conta que esta lucidez é grande coisa, hahaha! Olhe: já tomei os comprimidos, sabe, e o delírio vai parando devagar, ninguém vai me amarrar na cama. Não precisa, coitado de você.

– Coitado de mim?

– É. Para ver sua mãe, você precisa ir ao hospício. O que você vai dizer aos seus amigos?

– A verdade, mã. Que outra coisa eu poderia dizer? E não é um hospício, é um hospital.

– Um manicômio é mais fino que "hospício"...

– Como você preferir.

– E a sua namorada?

– Hoje ela ficou brava comigo. Muito.

– Gritou?

– Bem forte, na verdade eu nunca tinha visto ela assim. A Fê já havia ficado brava antes, mas nunca desse jeito.

– Bom, deve ser porque ela ama você. Quando uma mulher fica muito, mas muito brava, quando grita com você e essa coisa toda, quando ela bate a porta na sua cara, isso significa que ela ama você. A que não ama diz: "Gostaria de dar um tempo na nossa relação", como se dissesse: "Ai, estou com um pouco de cólica".

– Mã, então, ela... quer dizer... ela estava uma fúria!

Mamãe puxou minha orelha:

– Está tudo bem, filho. Deixe passar um dia e depois convide sua namorada para dar uma volta.

Estava quente, nas outras áreas do parque, fora da proteção das árvores. Os muros ferviam. As paredes verdes, descascadas. De vez em quando a gente caía num silêncio agradável, e de vez em quando mamãe o interrompia.

Disse-me que os presos levavam uma grande vantagem sobre os loucos: o preso recebia uma condenação, depois ia embora. O louco nunca sabe quando poderá ir embora.

– Não falo isso por mim, filho. Aqui há meninas que vieram para cá há quarenta anos. Elas nem se lembram de como era o mundo lá fora. Não têm família, não podem sair sem acompanhante.

De repente me deu vontade de fazer alguma coisa. Um raio de tristeza do mundo me atingiu na nuca. Tac. Pam.

Mas passou uma brisa fresca. Mamãe começou a cantar.

Meus pés não entram nos sapatos
e as mãos não entram nos bolsos...

meu passo trava, não sai,
por mais que eu tente, não sai.
Quero levar esta tristeza até o parque.

– O que é isso? – perguntei.

– É um poema, mas eu fiz uma canção. É da minha amiga Marisa, Marisa Wagner é o nome dela, como o compositor, sabe, o Richard Wagner. Mas é poeta, ela é poeta, filho.

Passou uma borboleta. Na grama, um besouro. Mamãe não me contou mais nada e ficamos os dois juntos, no banco, até começar a escurecer. Foi um fim de tarde lindo, lento e vermelho.

O QUADRO NOVO

Vilma estava impressionadíssima com os telefonemas de mamãe, mas depois de um tempo se acalmou. Faz parte do quadro da normalidade que mamãe tenha comportamentos anormais, diagnosticou ela. Pediu uma pizza napolitana grande. Depois de comer, falei para ela que ia pintar. No meu quarto.

– Você não pode pintar antes de dormir. A terebintina é tóxica. Por que você não faz um ateliê num dos outros quartos? Leva o cavalete, as telas, as tintas, os quadros...

Um ateliê. Um ateliê para mim! A casa era grande, mas tinha muitas áreas mudas, proibidas sem querer. Quartos que ainda eram de mamãe e de papai. Nunca havíamos falado nisso. Permanecemos em nossos lugares de sempre.

Seria preciso alegrar o quarto de mamãe. Porque um dia mamãe sairia do hospital. Do "manicômio", diria ela.

Comecei a pintar com raiva meu quarto quadro. Achei que ia pintar pássaros vivos e eles saíram mortos. Mas depois se transformaram em plantas que pareciam feridas. Feridas ramificadas, com folhas, com folhas vermelhas. Mas depois as feridas foram se transformando em coisas delicadas, em flores.

Abri as janelas e o jardim trouxe o frescor da noite, um ar de mosquitos e de sombra.

Adormeci quase de manhã e sonhei com papai. De novo. Ele estava calmo. Riu, ao ver-me. Parecia perdoado.

– Você está me enterrando bem, Rodolfo. Não sabe como é bom ouvir a pulsação, seu coração não me larga. Sua pulsação, sabe, é meu casulo. Estou nascendo em sua pulsação.

A única coisa que eu fiz foi esticar a boca, porque minha boca havia se transformado numa estrela do jardim, uma estrela que precisava sorrir e brilhar.

TERCEIRO DIA

Fê telefonou três dias depois da briga. Bem que eu tentei ligar para ela antes, milhares de vezes, mas no último momento me arrependia e desligava o telefone, aterrorizado. Ela me disse que havia visto uma lagartixa quase invisível, tão minúscula que no começo ela havia pensado que era um louva-a-deus e se assustado.

— Você acha que nesta cidade pode haver animais da floresta?

— Lagartixa é da floresta? — perguntei, louco de alegria. Mesmo que ela tivesse telefonado para dizer que minha casa estava desmoronando, eu teria desmoronado feliz. Fê!

— Você vai discutir comigo de novo? — e a voz de Fê tinha alguma coisa de mato depois da chuva, de terra de longe vindo para mim fresca e nova. Senti uma pancada no peito: às vezes, algumas vezes, temos um encontro real com o que domina o mundo. A grande coisa.

Peguei um papel, uma lapiseira, com o fone preso entre o ombro e a bochecha, para anotar "o que domina o mundo, agora". Enquanto Fê me falava da lagartixa e das terríveis sensações que a visão da lagartixa provocara nela, anotei aquelas palavras, para pensar. Ou para escrever um poema.

– Perto da trepadeira. É, achei que era um louva-a-deus... Ai, Rô, já falei, na trepadeira do jardim! O que você tem, está distraído? Está anotando uma coisa que...? Eu falo com você e você fica inspirado, seu bobo! "Uma coisa que domina o mundo"? Sei lá! Os louva-a-deus! Ou as lagartixas...

Pensei numa brincadeira:

– Não, os colecionadores de mascotes. Com certeza essa lagartixa foi comprada por algum turista que depois se arrependeu, a lagartixa encontrou um companheiro e em breve a cidade será delas, os dois vão ter milhares, milhões de filhos e aprenderão a tomar cerveja mexicana... Iguana,[11] ha ha ha!

Começamos a desfiar delírios, no meu caso, acho que de puro alívio. Eu sentia que as coisas estavam voltando a ter uma forma definida. Fê estava me ajudando a pulsar, Fê era a minha pulsação, Fê já estava dentro de mim. De morrer.

É estranho viver, dar-se conta de como o mundo é grande e estar convencido disso; e então chega outra verdade: o

---

11 Marca de cerveja argentina. (N. T.)

mundo é grande, sim, mas às vezes cabe numa pessoa só. Me liguei para valer na Fê, não tem mais jeito. Vou sofrer feito um cão. Essa garota vai me fazer sofrer. Não tem mais remédio. Estou doente sem remédio.

Mas ela também vai me fazer subir até o Everest, disso eu tenho certeza, assim vou conhecer o Abominável Homem das Neves. Sei lá. Zimbros cinzentos, cobertos de neve.

– Vamos nos ver, Rô?

– Mas não aqui em casa.

– Na minha?

– Nem morto. Aí tem lagartixas.

– Ha ha ha!

– Vamos ao lago de Palermo, que tal? Onde a gente começou.

E quando eu vi a Fê, beijei-a. Ou ela me beijou. Ou os dois. E falamos, falamos. De mamãe. De nós. Do que domina o mundo. De um assassino que uma vez jogou sua vítima no lago, em nosso lago, o lago do pato que morreu misteriosamente no dia da festa da entrada da primavera, e de que, às vezes, nós também podemos dominar o mundo. Nós. Mas isso ela não disse, nem eu; era o mundo que dizia.

FRANCO VACCARINI

Estava conversando com uma amiga, sentado em um banco do Parque Centenário, em Buenos Aires, em frente ao lago, quando ela se espantou ao ver que um pato enfiou a cabeça debaixo da água: "Esse pato vai se afogar!", ela disse. Achei o comentário engraçado – o pato só estava em busca de comida. O estranho é que duas horas depois eu cheguei em casa e comecei a escrever esta história, inspirado na frase que ela disse. Durante as semanas seguintes terminei o primeiro rascunho. Eu estava muito sensível ao sofrimento de meus pais, em razão das enfermidades causadas pela idade avançada deles. Às vezes os livros nascem assim, sem permissões ou planos.

MARIANA NEMITZ

Adorei esta história assim que comecei a lê-la. A infância sempre se desenrola entre paisagens que nunca mais se apagam. Não temos palavras suficientes, são apenas imagens. Os lugares. Como se incorporassem para sempre tudo o que sentimos nesse instante. Os cenários de Franco foram também os de minha infância, em Buenos Aires. Como era fácil entrar em sua história deslizando-me entre tipuanas e seringueiras, casas antigas e escuras, e novamente mergulhando os pés no lago de Palermo... E isto foi o que pintei. Os cenários, testemunhos e amigos, daquela infância e da minha, que foram os mesmos e permanecem ali, guardando em seu respeitoso silêncio a memória de nossos primeiros passos e abraçando aqueles que continuam a chegar, com o mesmo amor que tiveram comigo.

Este livro foi composto com a família tipográfica
Chaparral Pro, pela Editora do Brasil, em maio de 2016.